王小波　著

# 夜行记

北京出版集团公司

北京十月文艺出版社

新经典文化股份有限公司
www.readinglife.com
出　品

# 序

　　王小波写作《夜行记》这个短篇小说集最早是在一九八二年我赴美留学期间。后来他到美国读书，上课之余，就在断断续续地写这本书。

　　小波这个短篇小说系列所依据的故事原型源自《太平广记》，这大概是他儿时熟读并喜爱的文本。他的写法在我这个外行看来，有点像鲁迅的《故事新编》，印象特别深刻，觉得有趣、刺激得不得了。我们在一起议论过鲁迅《故事新编》中令人击节赞赏的黑色幽默，比如嫦娥给老公做"乌鸦炸酱面"什么的。我想，小波深谙这种写作手法的妙处，所以会在他早期的写作中采用了类似的写法。当然，比起鲁迅的冷峻，小波更加抒情，但是两个人的幽默感有相通之处。

　　记得初读小波这个短篇小说集时的印象，对于其中汪洋恣肆的想象、令人忍俊不禁的幽默都非常喜欢，唯一有点不解其意的是那具绿荫中的白骨。我曾问过小波，他要表达什么，他的回答语焉不详。后来我感悟到，这就是成功艺术家与一般艺术爱好者的区别之所在：他们必定是对事物有一点与众不同的感觉，这才能成就一篇感觉奇特的小说、一幅色彩奇妙的画作、一首旋律奇妙的音乐。正是这种与众不同的感觉及其出色表达，使我们这些艺术的仰慕者为之惊叹。

在这个新的版本中，编者取了我十分钟爱的《夜行记》一篇为书名。在这个短篇中，小波的想象力发挥得淋漓尽致，使年轻时代的我感觉十分震惊。记得，当时我的一位正在尝试写作也有作品发表的朋友对此篇赞不绝口，后来就再也不写小说而改营他业了，这是人们看到某行业内真正的高手之后，对这一行当望而却步的表现。他们猛然发现，自己永远不可能达到如此的高度，于是知难而退。然而，对于普通读者来说，它真是美酒佳肴，美不胜收啊。

贪恋精神盛宴的读者们，好好享用吧。

李银河

二〇一七年十二月

# 目录

## 立新街甲一号与昆仑奴

我住在立新街甲一号的破楼里。庚子年间，有一帮洋主子在此据守，招来了成千上万的义和团大叔，把它围了个水泄不通。他们搬来红衣炮、黑衣炮、大将军、过江龙、三眼铳、榆木喷、大抬杆儿、满天星、一声雷、一窝蜂、麻雷子、二踢脚、老头冒花一百星，铁炮铜炮烟花炮，鸟枪土枪滋水枪，装上烟花药、炮仗药、开山药、鸟枪药、耗子药、狗皮膏药，填以榴弹、霰弹、燃烧弹、葡萄弹、臭鸡蛋、犁头砂、铅子儿砂，对准它排头燃放，打了它一身窟窿，可它还是挺着不倒。直到八十多年后，它还摇摇晃晃地站着，我还得住在里面。

这房子公道讲，破归破，倒也宽敞。我一个人住一个大阁楼，除了冬天太冷，夏天太热，也说不出有什么不妥当。但是我对它深恶痛绝，因为十几年前我住在这里时，死了爹又死了妈，从此成了孤儿。住在这里我每夜都做噩梦，因此我下定决心，不搬出去就不恋爱，不结婚。古代一位将军出门打仗，下令"灭此朝食"，不把对面那帮狗娘养的杀个净光净，绝不开饭！他的兵都有一条皮带，把肚子束紧，所以一个个那么苗条可爱。我的决心也这么坚定。隆冬的傍晚，我和小胡在炉边对坐，我说在这小屋里结婚是对我的侮辱。古人形容男女弄玉吹箫时有诗云：小楼吹彻玉笙寒。在这个破楼前吹玉笙，不相宜，只能吹洋铁皮喇叭，不像谈恋爱，倒像收破烂。古人云，要做东床快婿。这个阁楼里就这么一张床，如何去做？古人形容夫妻相敬，有言道：举案齐眉。谁在我这屋里举案，小心撞了脑袋。古人形容夫妻相戏，有词云：嚼烂红绒，笑向檀郎唾。要是一位女士误嫁入我这狗窝，恐怕唾过来的不是红绒，是一口粘痰。

小胡说，她也有同感。她要嫁出去，不住这个破房子。俗话称出嫁为出阁，那就是要搬出这个破楼阁。古诗云：雕栏玉砌应犹在，只是朱颜改。试问此楼，雕栏何在？玉砌何在？古词云：佳人难得，倾国。别人连国都倾了，她却倾不了一个破楼，真他娘没道理！所以她就等着那一天，要"仰天长笑出门去"！出门者，嫁人也。长笑一声出了这狗窝，未婚夫乘大号奔驰车来接。阿房宫，八百里，未央宫，深如水。自古华厦住佳人，不成咱是个蓬头鬼？

听了她这个长歌行，我心里真有点不高兴。当时我们俩正在煤球炉上涮羊肉，炉台上放着韭花酱、卤虾油一类的东西。我偷眼看看她，只见此人高大粗壮，毛衣里凸出两个大乳房，就如提篮里露出两棵大号洋白菜，粗胳膊粗腿。吃得发热时满脸通红，脑袋上还梳一条大辫子，越发显得大得不得了。她骑在我的椅子上，那椅子那么单薄，我和椅子都提心吊胆，等着那咔嚓一声。咔嚓之前是椅子，咔嚓之后是劈柴。看来她还没本钱勾上一位高干子弟搬出去，让这破楼里只剩我一个人和耗子做伴儿。她这么吹嘘，纯是出于一股自恋倾向。

吃完了羊肉她告退，回自己房里作画去了。此女风雅如是，是何家闺秀耶？她是电影院画广告牌儿的。和我一样，是无亲无故的一条光杆儿。本小生志向不凡，官居何职抑袭何爵耶？我是豆制品厂磨豆浆的。我比她还不如，她还上了几年美专，鄙人只是个熟练工，除了开闸放水泡豆子，合电门开钢磨磨豆浆，大约并无什么可吹嘘的。那一天她走以后，我站在窗前，只见窗外银花飞舞，天地同色，就想到一千多年前，王二在雪地里卖狗肉汤时，也是如此的寂寞而凄凉。那时候正是唐初盛世，长安城里有四方人物。王二在小巷里别人房檐下支起几片草排，在炭火池中安一个瓦罐，罐里就是他要卖掉的狗肉汤。那时候天色向晚，外面飞旋的雪幕后已经显出淡淡的灰色。王二坐在条凳上，毡鞋被雪水湿透了，说不出的寒冷。他把脚放到炭火中去烤。可炭火将熄，也没有什么暖意。没有人来买他的狗肉汤，一个也没有。

地上的雪越来越厚，天快黑了。有一个黑人从对面人家的后门里出来。天寒地冻，他却只围一块腰布；肌肤黑如墨亮如漆，在雪中倒算是相映生趣。黑人身上的肌肉才叫肌肉，块块隆起又不粗笨。他头上一层短短的卷发，圆鼻子圆脸，一双圆眼睛，看上去很好玩。那黑人说："王老板，你卖完了没有？如果卖完了还有汤剩下，请给我一碗。我冷得受不了，你的汤真是御寒的妙品！"

这位黑哥们儿常来要汤喝，平常王二也就给他了。可是今天他心情坏，不想给他这碗汤，就说：

"昆仑奴，你老来喝汤，却不给钱。这碗汤是白来的吗？煮这碗汤要用伢狗肉。你来想一想：这伢狗出了娘胎，好不容易长到这么大，人却不容它与小母狗亲热，就把它打死煮进了汤锅！你再看我这煨汤的瓦罐，它是清明前河底的寒泥烧成，所以才经火不炸。挖泥时河水好不寒冷，只有童子之身才能抵挡得住。所以年老的瓦工一辈子都不敢亲近女人。你再看这汤里的胡椒桂叶，全是南国生成，漂洋过海到泉州，走万里水旱路到黄河边。黄河的航船过三门，要从激流中上行到关中。千人挽，万人撑。一个不小心落下水，那就尸骨无存。一碗汤不足惜，可是中间有多少血和泪！你闲着没事儿一碗一碗地喝，这可不大对劲儿！"

昆仑奴说："王老板，我知道这汤来得不容易，可是我身上冷，需要这碗汤来御寒。我生在东非草原上，哪见过雪，哪见过冰？这都是因为酋长卖我做奴隶。我在地中海上摇船，背上挨了鞭子，又浇上海水！人家把我在拜占廷卖掉，我又渡过水色如墨的黑海，赤足走过火热的沙漠，爬过冰川雪山，涉过陷人的流沙河。如今在伟大的长安城里，天上下着大雪，我却没有御寒的衣服。猫和狗都有充足的食物，可是我在挨饿！真主啊，请你为我的苦难作证！难道人身为奴隶，就不配在隆冬喝一碗御寒的狗肉汤？你让我向谁去求得怜悯？主人吗？富人的心是皮革做的。王老板，一碗汤对你算得了什么？你不会因此变穷的！"

有好多雪片飞到昆仑奴身上，在那儿融化，变成雪水流下去。王二把他拉到草棚里来，让他在身边坐下，接过他的大碗，舀一碗热汤给他。他拍拍黑人的脊梁说："昆仑奴，喝吧！"

昆仑奴喝汤时，王二看着乱纷纷的雪幕背后楼台的轮廓，心里有说不出的感慨，这种远眺华厦的感觉，古今并无不同。我站在窗前，看到脚下是一片平阔的雪地，雪地那边是新楼。那楼不算好看，不过它叫我想起很多地名，楼上有广西柳州的水泥，如果那边也在下雪，雪花会在竹林间飞舞，南来避寒的候鸟会不知所措地啾啾。秦皇岛的玻璃——一想到秦皇岛，就想起在冬季灰色的海面上行进的大轮船。钢制的门窗与石景山紫色的烟雾有关。送暖的暖气片产在河北南皮县。南皮我没去过，不过这个地名有历史感——曹操和袁绍在那儿打过仗。袁绍的兵穿鱼鳞铁甲，曹操的兵的皮甲上镶着铜星。可是在我的屋顶上满是窟窿，叫人想起《渔光曲》——爹爹留下这张网，靠它还要过一冬。铁斗里的煤球叫人想起煤炭铺里穿长衫的胖掌柜，还有恶霸地主牟二黑子。

王二站在这破屋檐下，身穿工作服，瘦长脸上面色阴沉，而一位穿红毛衣的少女在新楼里倚着雪白的窗纱远眺雪景。这种感觉，古今无不同。雪景也是古今无不同。昆仑奴喝下一碗热汤，黑檀似的身躯上有了光泽。王二看了很高兴，就说：

"昆仑奴，到我家去吧，我要招待你。"

昆仑奴也很高兴，收起木碗，随王二走过铺满了白雪的小巷。那时候他就如白玉的棋盘上一枚黑色的棋子。走到王二那用木片搭起的小屋门前，他惊叹一声：

"原来中国也有穷人呀！"

王二生起炭火，用狗油炒狗肝，把狗肉干在火上烤软。他烫热了酒，把菜和肉放在短几上，端到席上去。昆仑奴坐在他对面，披着狗皮。他们开始吃喝、谈笑，度过这漫漫长夜。当户外梨花飞舞，雪光如昼时，人不想沉沉睡去。这种感觉，古今无不同。

小胡睡不着觉，爬上来聊天。聊天可以，你该问问我困不困。可是她根本不想办这个手续。她坐在我对面，谈到和男朋友吹了的事。这话题使我感到屈辱，因为我没有任何女朋友。然后她又说我个儿矮。混账，你说我个儿矮，我就说你腿粗。她说腿粗跑步可以治，个儿矮只有压面机能治。这真是岂有此理，她盼我跳压面机自杀，好得我的遗产。我这个人有好古癖，收藏颇丰。除了破椅子破床板，我还有一箱子线装书。当然，珍本善本是没有的。那些书用纪念章、邮票和豆腐干换不来。我有这么一批书：《三字经》《千家诗》《罗通扫北》《小五义》《南唐二主词》《太平广记》《朱子语类》《牛马经》《麻衣神相》《南华经》《净土经》，还有光绪十年的皇历。为这些破书，逼我惨死，可谓狠毒矣。地下室还有一批破烂，那一年游承德偷的普陀宗乘之庙房上的铜瓦；游东陵捡回的一个琉璃兽头；长城上的砖头；黄陵边的瓦片。北京修地铁，挖出的各种破烂，其中有一奇形木片，经我考证那是元代穷人买不起手纸用的刮具。此物大英博物馆都没有收藏，可谓无价之宝。小胡逼我死掉，大概志在得此奇珍异宝。

小胡说，那件宝贝她不想要。她不惟不希望我早死，还盼我能活得长久。所以她要帮我解决困难，为我介绍女朋友。现在的男子身高不足一米八十者，都被列入二级残废。我之身高尚不足一米七，属于微生物一级，女孩子根本看不见。她要起到显微镜的作用，让她们通过她看到我。说完这些伤天害理的话，她打了个呵欠下楼睡觉去了。

她走以后，我心里很不安定。我有三种感觉：第一是屈辱感，这不必解释，是因为我个儿矮。第二是施恩图报的感觉。本人系有大恩于小胡者。十几年前，在同一天，因为同一个事故，我们俩都成了孤儿。当时我们是中学生，在同一个中学读书，同住在这座破楼里，因为这些共同点，我对她是有求必应。半夜她要上厕所，总把我从阁楼上叫下来，在门前站岗。每隔五秒钟她叫我名字，有一次不应她马上嚎出来。她可是一面清直肠一面叫我的，这种一心二用的方式是不是挺可恶？要没有我，她早被屎憋死啦！如今她在我面前，居然不避圣讳说出一个矮字来，良心何在！第三，我对她还有一种嫉妒之心。此人五体不全之阴人耳，居然上了美专。而我是如此地热爱艺术，也画一手好素描，就进不了美专的门。这只是因为我有点色弱，红的绿的分不大清楚。其次，她长得比我还高。当然，她极为粗笨。不过嫉妒心一上来，我又觉得她高大健美，和观音菩萨差不多。这桩事儿不能想，一想奇妒难熬。

这三种感觉，即屈辱感、图报感、嫉妒感，正是古今一般同。那天晚上昆仑奴在王二家问："王老板，你家里怎么没有女人服侍？"王二心里的屈辱感就油然而生。在唐朝的长安城里，一个又贫又贱的小贩，就如现时之一位一米六八的二级工，根本搞不到对象。此时王二家里灯光如豆，雪光映壁，火盆里炭火熊熊，昆仑奴头上起了油汗。王二双手把一盆烩狗筋捧到昆仑奴面前，昆仑奴接下来，放在案上。王二又取一把铜勺，在衣襟上一拭，再次双手捧到昆仑奴面前，昆仑奴接下来，放在羹盆边。这都是对待贵客的礼节，王二做得一丝不苟。因此他想：昆仑奴，你是一个奴隶。我把你请到家里来，待以上宾之礼，希望你也自觉一点，别问人家难堪的问题。

谁知那黑人又问："王老板，难道你也像我们奴隶一样，没女人服伺吃饭吗？"王二一听，更加不悦。他想：你要不识趣，别怪我也问出不好听的来。于是他说：

"昆仑奴，听说你们是树上结的果子，是真的吗？"

昆仑奴一听，把眼珠子都瞪圆了，说："谁说的？人还有树上结的吗？你们唐朝人都是树上结的？"

"我们当然是母亲生的啦！但是你们就不同了。听说非洲有一种大树，名为黑檀，高有百丈，粗有十人不能合抱者，锯之则流血。树叶大如蒲团，树枝上脐带挂着一树的小黑孩。自挂果至成熟，历时十个月，熟则坠地，能言语能行走。波斯商人在树下等着，捡起来贩为奴隶。因为是树生的果实，所以男身者，有男之形无男之实，不能御女成胎；女形者有女之态无女之实，亦不能怀孕生子。我们大唐只有皇帝才得用阉人为太监，所以王侯之家不惜以重金购进黑奴，在内宅中服务。也许你不是树上结的，不过别的黑人却可能是树上结的？"

昆仑奴说这是谣言，非洲绝没有能结出人的树。黑人也如其他人一样，是母亲腹中所生。在非洲时，每逢旱季，他也常和肤色黝黑的女子到草原上去，在空旷无人的所在性交，到下一个雨季，小娃娃就出生了。那些娃娃的皮肤也如黑玉一般，闪着光泽，叫人想起蓝天下那些快乐时光。那时草原上吹着白色的热风，羚羊、斑马、大象、猎豹，都在干同样的事。他知道这谣言的来源，因为黑奴很值钱，所以主人很希望他们能够增殖。他们往往把男女黑奴关在一个笼子里，但是结果总让他们失望。笼子不是草原，笼子里没有草原上的风。笼里的女人也是奴隶，谁乐意传下奴隶的孽种！啊，黑非洲，黑非洲！说到非洲，昆仑奴哭起来。

王二又问，公侯内宅里的姑娘，难道不漂亮吗？她们对昆仑奴不好吗？昆仑奴对那些女孩，难道就没有感情？昆仑奴说，那些姑娘都像月亮一样的漂亮，心地也很善良。她们对他也很好。如果他挨了鞭子，她们就会伸出嫩葱般的手指来抚摸他的黑脊梁，洒下同情的眼泪。昆仑奴挨饿的时候，她们还省下点心给他吃。昆仑奴也爱她们，不过那只是一种兄妹之情。于是王二想，他是多么地身在福中不知福啊！

昆仑奴说，在王二家里做客，又温暖又快活。下次他要带个姑娘来，让她也享受这种乐趣。三更时他起身告退，回主人家去，给王二留下嫉妒和期望。王二羡慕那黑人，有与美丽女郎朝夕相处的幸福，这种感觉，古今无不同。

转眼间冬去春来，暖和的风从破楼一百多个窟窿里吹进来。从窗口往外看，北京城里一片嫩黄烟柳世界。在屋里也能感到懒洋洋的春意，这种感觉古今无不同。我想到唐代的王二是怎么感觉春意的：当阳光照到桑皮纸糊的木格门上时，他把洗净的瓦罐放到格子下层。把辣椒、桂叶用纸包好，放到架子上层。如果它们经过雨季不发霉，下个冬天就不必再买。他取出铜锅，用柴灰擦去铜绿，准备去卖阳春面。心里在盘算煮汤的牛骨是什么价钱，青葱、嫩韭是什么价钱，面汤里放几滴麻油才合适。春意熏熏时，他做这种事感到兴奋，也许卖阳春面能多赚一点钱，胜过了狗肉汤。

我也想为春天做点事：到长城边远足，到玉渊潭游泳，到西郊去看古墓，可是哪一样都做不成。西郊的古墓全没啦，上面盖了楼房。长城现在是马蜂窝，爬满了人。我也不像十几岁时了，要从历史中寻求安慰。二十岁以前，我和小胡在初春去游泳，从冷水里爬出来，小风一吹浑身通红。现在可不行，我见了冷水浑身发紫，嘴唇乌青，像老太太踩了电门一样狂抖。这都是因为抽了十几年烟，内脏受了损害。因此我只能一个人待在家里。

　　傍晚时分小胡回家来，站在楼梯口叫我。她可真是臭美得紧啦！头戴太阳帽，身穿鹅黄色的毛衣，细条绒的裤子，猪皮冒充的鹿皮鞋，背上背着大画夹，叫我下去看她的画。我马上想到本人夭折了的美术生涯，托故不去。过了一会儿，她又爬上来，身上换了一套天蓝色的运动装。这套衣服也是对我的伤害，因为它是我买来给自己穿的。穿了一天之后，发现别人看我的眼色不对劲儿。原来它是淡紫色的，这种颜色正是青春靓女们的流行色。演出了这场性倒错的丑剧之后，我只好把这套衣服送给她，让她穿上来刺激我。第一，我是半色盲，买衣服时必须由她来指导，如果自行出动，结果正合她意。第二，我个儿矮，我的衣服她也能穿。我正伤心得要流鼻血，她却说要报告我一个好消息。原来她给我介绍的对象就要到来，要我马上吃饭，吃饱后盛装以待。我就依计而行。饭后穿得体体面面地坐在椅子上出神儿，心里想这事不大对劲儿。我也应该给这位身高腿粗的伙计介绍个对象。

我们车间的技术员圆头圆脑，火气旺盛，老穿一件海魂衫，像疯了一样奔来跑去，推荐给她正合适。正在想这个事，她在楼下喊我，我就下去，如待宰之绵羊走进她的房间。你猜我看见了什么？我看见一个娘们坐在床上，身上穿着葱绿的丝绵小夹袄，腿上穿一件猩红的呢子西装裤，足蹬千层底圆口布鞋。我这眼睛不大管事，所以没法确定她身上的颜色。该女人白净面皮，鼻子周围有几粒浅麻子，梳一个大巴巴头，看起来就如西太后从东陵里跑了出来。凭良心说，长得也还秀气，不过对我非常无礼。下面是现场记录，从我进了门开始：

该女人举手指着我的鼻子，嗲声嗲气地说："就是他呀！"

小胡坐到她身边去，说："没错儿！"

这就验明正身，可以枪毙了。该女人眯起眼睛来看我，这不是因为我和基督变容一样，光焰照人，而是这娘们要露一手职业习惯给我瞧瞧，她老人家是一位自封的画家。然后——

该女人又说："行哦，挺有特点。鹰钩鼻子卷毛头，脸色有点黑，像拉丁人。"

小胡浪笑几声说："他在学校里外号就叫拉丁人！"

该女人问："脾气怎么样？"就如一位兽医问病时说："吃草怎么样？"

小胡说："凶！在学校里和人打架，一拳把三合板墙打了个窟窿！他发了脾气，连我都敢打！不过一般来说，还算遵纪守法。"

然后两个女人就咬起耳朵来，叽叽喳喳。我在一边抽烟，什么话也不说。过了一会儿，她送那娘们出去，又在过道里咬了半天耳朵。然后她回来问：

"怎么样，你有什么看法？"

我先问那女人走远了没有，得到肯定的答复后才说："这算啥玩艺儿？一个老娘们嘛！而且还小看人！"

她听了就皱起眉头来说："你不觉得她很有性格，很有特点？"

我说这人好像有精神病。她很不高兴，说这是她的好朋友，要我把嘴放干净点儿。后来她又说，对方还说可以谈呢，我这么坚决拒绝，真是岂有此理。我跟她说：你少跟我说这些，免得招我生气！说完我就回楼上去了。在那儿我想：我也不必给她介绍对象。不知为什么，这种事有点伤感情。

过了半个钟头，小胡忽然很冲动地跑到楼上，脸色通红地宣布说，她发现自己干了件很糟糕的事，希望我不要介意。后来就没了下文。她好像在等我说下文，我又好像在等她的下文，于是就都发起呆来。这种窘境，也是古今一般同。春天的午夜，昆仑奴到王二家做第二次访问。他没和佳人携手而来，却背来了一个沉重的大包袱。王二担心这是赃物，他是本分买卖人，不愿当窝赃的窝主。他想叫昆仑奴把东西送回去，但是不好意思开口。他对昆仑奴还有所期待。

我也不知自己在期待什么，只觉得嘴唇沉重，舌头沉重，什么也说不出。我就如唐之王二，默默地等待昆仑奴打开包袱。包袱里坐着一个绝代尤物。那是一位金发碧眼的女郎，穿着轻罗的衣服，皮肤像雪一样白，像银子一样闪亮。嘴唇像花一样红，像蜜糖一样湿润。她跳起来，在屋里走动，操着希腊口音说："这就是自由人的住处吗？我闻到的就是自由的气味吗？"

王二家里充满了烟味、生皮子味、霉味和臭味，可是她以为这就是自由的气息，大口地呼吸。她对什么都有兴趣，要王二把壁架上的纸包打开，告诉她什么是辣椒什么是桂叶，把梁上的葫芦里的种子倒出来，告诉她什么是葱籽，什么是菜籽。她还以为墙上挂的饼铛是一种乐器，男用的瓦夜壶是酒器。她就如一个记者一样问东问西，这也不足为奇。原来那些内院的姑娘都想出来看看，而她是第一个中选者。她有详尽报告的义务。后来她穿上王二的破衣服，用布包了头面，到外面走了一小圈，看过了外面的千家灯火，就回来吃自由的阳春面。她宣布自由的面好得很，但又不敢多吃。饭后他们三人同桌饮酒，女孩起身跳了一段胡旋艳舞。原来她正是跳胡旋舞的舞姬。

胡旋舞在唐朝十分有名。一听胡旋两个字，光棍就口角流涎。女孩起舞时，把轻罗的衣服脱下来，浑身只穿了一条金缎子的三角裤，她的裸体美极了。王二把眼睛眯起来，尽量不看她那粉樱桃似的乳头、轮廓完美的胸膛、修长的玉腿、丝一般的美发。他的心脏感到重压，呼吸困难。就如久日饥渴的人见不得丰盛的酒筵。

王二看到这位金发妖姬，也有点头晕。

五更时，昆仑奴要回去，他把那位舞姬又打到包袱里。女孩说："大哥，你让我露出头来看看外面好不好？"可是昆仑奴说不行。爬墙时树枝剐破了你的小脸儿主人问起来怎么说？咱们都要完蛋。他们就这样走了。不知为什么，王二微微感到有点失望。这个女人美则美矣，却像个幻影不可捉摸。他又寄希望于下一个来观光的女人，这种感觉，真是古今一般同。

小胡在我对面坐了很久，我们什么都没有说。后来她微感失望地叹了一口气，这股窘意就过去了。她开始谈房子的事，听到这种话题，我也微感失望，但是我们还是就这个问题谈了很久。

话头从甲一号的破楼扯起，它在庚子年间被打了一身窟窿，应该拆了，可是教皇不答应。他说当拳民攻击破楼时，上帝保佑了此楼，所以要让它永远不倒，以扬耶和华之威。他还说了些上帝不老此楼不倒之类的疯话，然后请一位主教来修理此楼。如果当时把这楼好好修修，它不至于这么破。可惜该主教把它用青灰抹了抹就卖给了一个商人。商人付款后，墙上的青灰落下来，他一看此楼是一副蜂窝煤的嘴脸，就对自己扣响了驳壳枪，最后血糊淋拉地跳进北海。然后这座破楼里住满了想自杀又没胆量的人们，自然是越来越破得没溜儿啦。

这些解放前的事儿是我考证出来的。解放后，为置甲一号破楼于死地，头儿们制订了上百个计划。计有大跃进建房计划、抓革命促生产扒旧楼建新楼计划、批林批孔建新楼计划、批臭宋江再建梁山计划、批倒"四人帮"盖新楼计划、房产复兴百年大规划、排干扰建房计划、拔钉子建房计划等等。但是这破楼老拆不倒，新房也建不起来。经事后分析，这房子有大批的反动派做后盾，计有（国外不计）右倾机会主义分子、走资派、林秃子、孔老二、"四人帮"、宋江、卢俊义、司马光、董仲舒、孟轲、颜回等等从中作祟。现在的反动派是小胡和我，我们俩赖着不搬，是钉子户。现在报纸上批钉子户，不弱于当年批宋江的火力。我实在为自己和宋江并列感到羞辱——他算什么玩艺儿？在《水浒传》里没干一件露脸的事儿，最不要脸的是一刀捅死了如花少女阎婆惜。我确实想搬走，可是没地方可去。头儿们说，我在破楼里是寄居的性质，不能列入新楼计划。可是厂里有豆腐干住的地方，没我住的地方呀！

小胡说，她也想搬出去，可是一到公司里要房，领导就勃然大怒说："你也来闹事，在甲一号楼不是住得挺好的吗？"电影公司一到分房时，全体更年期妇女的脸就如猴屁股一样红起来，毛发也根根直立。老头子们就染头发，生怕分房前被列入退休名册。在这种情况之下，她只好把希望寄托在男朋友身上。如果嫁到有房的人家，剩下我一个就好办啦。甲一号还能不给我一套新房？春天到来，她穿上春装在街上一走，路边的男子回头率颇高。凭她这等身材相貌，嫁出去不成什么问题。所以我只有坐在家里，静等她的胜利消息!

　　小胡的一切都是跟我学的,而且每一项都是青出于蓝。首先是我画两笔画,她也学着画,结果学出点名堂。现在光业余时间画小人书就有不少收入。我好古成癖,她也跟着学,结果画法有汉砖、敦煌画之风,在画坛上也小有名气。我会胡说八道,她也跟着学,从一个腼腆的小女孩,学到大嘴啦啦。我一长青春痘,就喊出要找对象的口号,不过一个也没找着。可是她谈过无数男朋友,常常搂着一个在楼道里"叽叽",好像在向我示威。只有一样本事她没有学会,就是站着撒尿。

　　夏天到了。豆腐厂改为一律早班,这样造出的豆腐,中午和下午上市,不用过夜,就不会酸。一到夏天我就困得死去活来,因为凌晨两点凉爽的时候,别人正睡得安稳,我却出门去磨豆浆。到中午我回来时,阳光已经把薄铁皮的屋顶晒得火热。我在下面躺着,似睡非睡,似醒非醒,纯粹是发晕。到口干得不能忍受时,就喝脸盆里的清水。每天都能喝掉一盆。就这么熬到太阳偏西,阁楼才刚刚有点凉风,可以睡一会儿了,小胡又爬上来。这时我真盼她早点找到主儿嫁出去,哪怕嫁给宋江也罢!

　　小胡上来时穿着短衫短裤,右手端着一个大碗。碗里是热气腾腾的馄饨汤。这么大热的天,她请我吃这种东西,简直就像潘金莲对付武大郎。左手提着的东西更可恶,那是一个水桶。她要借我的房子洗澡,把我轰到她房里去。她的房间朝西,现在就如点着了的探照灯。她来了我只好坐起来，看见她那对大奶子东摇西晃，我就如见了拳王阿里的拳头，太阳穴一阵阵发乍。顺手拿过镜子来一照，眼珠子通红。我说："小胡，你不能这么干。我也是个人，他妈的，你怎么不给我人权？"这种话对她不起作用。她说："呀！上来看看你不好吗？一天没见了，你不想我？"我什么都教给她了，就是没教她要脸，因为我自己也不要脸。后来她说，她上来不单是和我闲扯淡，还有要紧的事情。但是她说起这件要紧的事儿，又没有要紧的样子，倒像要给我上一大课。第一，这房子实在住不得了。夏天是这样热，以致她的头发不用去理发馆，自己就打起卷来。冬天呢，能把人冻死。春秋天刮大风，满屋都是沙土，可以练习跳远儿。除此之外，它还随时有可能塌倒。因此就有第二，有必要从这里搬出去。豆腐厂和电影公司不能解决这个问题。男朋友也爱莫能助。最后只剩下甲一号。她已经和头儿们谈了很多次，以我们两人的名义和他们谈条件。然后她就解释为什么自己去和人家谈判。她说这里绝无看不起我的意思，只是因为她是二十三级干部，而我是二级工。干部比较受人尊重，这是一个有利条件。而且她姓胡，胡这个姓比较少，所以容易引起重视。姓王的太多了，多到不成体统。所以姓王的去谈事情就没人答理。她就这么有一搭没一搭地胡扯，渐渐扯到没影的地方去。我知道她心里有鬼，就说："你要说房子问题，就直说吧！"

她的脸当时就红了，结巴着说：经过反复交涉，头儿们答应

18

给一套房子，交换条件是两个人都搬出去。这有什么可脸红的？
给一套你就先搬进去，我到头儿们门口搭小棚住。古人云，先有
太极，后有两仪，两仪生四象，四象生八卦，八八六十四，循环
无穷，乃孔明八阵图也。故而世上事，有一就有二，只怕他不松口。
小胡说，你不要臭美，甲一号谁不知咱俩是没溜儿的人？人家会
轻易上当吗？这一套房子不是这么来的，她对人家说，我们是一
对情人，不久就要结婚，当然这是骗他们的。说到这儿她偷眼看
看我，我当然有点晕乎，不过没什么外在的表示。她就继续说下去。
她告诉他们，在破楼里，我们俩天天演戏。半夜三更她会站在门
口长叹一声：

"啊，王二，王二，为什么你是王二？"

我就说："听了你的话，我从此不叫王二。"混充罗密欧与朱
丽叶，在阳台说情话哩。或者是唱山歌："胡家溜溜的大姐，人材
溜溜的好，王家溜溜的大哥，看上溜溜的她。"还唱越剧："小别
重逢胡××！"

这些鬼话我听了起了一身鸡皮疙瘩。就凭她那男性化的公鸭
嗓和我这驴鸣似的歌喉，真要唱有可能把西山上的狼招来。头儿
们听了将信将疑。要说信，我们俩在一个楼里住了多年，真要搞
上了也算不上什么新闻。要说不信，谁不知这两个家伙大嘴啦啦，
什么都敢说？头儿们就组织专案组去调查。首先查到十几年前给
我们发抚恤金的会计，她说有一次我们没去领钱，她就给送来，

发现我们两个小孩在楼道里十分亲昵地斗殴，敲到双方都是满头大包犹不肯住手，打完了架又在一个锅里吃饭。居委会的大娘们揭发了当年我带小胡爬树摘桑葚的事，以及某一天我出门时她从楼上探身出来大叫："给我带包妇女卫生纸来，不带花了你！"最后的事例有小胡前天在小卖部给我买了一条男用针织裤衩。专案组根据这些材料，下结论道：胡王恋爱一案，可以基本肯定。因此头儿们代表组织上宣布，什么时候交来结婚证和永不翻案（即离婚）的保证书，什么时候姓胡的和姓王的就能领到一套两居室的住房证和钥匙。她说为了这套房子我们可以假结婚，结了再离，房产科又不是法院，无法制止。

虽然说是假结婚，她说起来还是有点结巴，我也有点喘。等到说完了这一节，她又辩才自如，立论说，由于假结婚，她将受到重大损失，将来再找对象时，人家总要怀疑她有个孩子养在乡下姥姥家。但是为了我们的共同福利她已不惜火中取栗。不知为什么我对她的胡扯失去了兴趣，就干脆说："不必废话了，明天就去登记。"

决定了这件事以后，小胡要洗澡，我按惯例该到她房里烤着去。可是今天本人别出心裁，从窗口爬上了房顶。一出来我就后悔了，因为太阳虽已西斜，屋顶的铁板还挺烙脚，坐下又觉得烙屁股。此时阁楼里已响起了溅水声，我欲归无路，只好在房上吃完了馄饨，就坐下发傻。这时我看到一位少女从对面新楼里走出来，身穿洁白的连衣裙，真是秀色可餐。我以前没见过她，也不知道她叫什么名字，因此就爱心大炽。这种心境，正是古今一般同。

话说王二和昆仑奴拉上了关系，就常在家里接待王侯家里的姑娘。他真是大开眼界，见过了跳肚皮舞的阿拉伯女郎，跳草裙舞的南洋少女，跳土风舞的黑人姑娘。这种女孩个个美得很，人也十分热情。不过他对她们只存欣赏之心，绝没动过爱欲。有一天昆仑奴说，他要带一位特殊的姑娘来，要王二早做准备。当然，特殊的姑娘也是奴隶，但是这一位身价不同。原来王侯家里的女奴分为三等，最下者为丫环仆妇。针线娘子洗衣妇，大抵是长安城里穷人家养不起卖给大户人家者，身价不过三两、五两、七两、八两。门卫不禁止她们随意出门，所以也不必带她们出来。更高级的是歌姬舞娘，都是从四方贩来之绝色绝艺者，身价几十两、几百两不等，不能出门宅一步。王二看过的都是这种人。最高的身价在千两至万两之间，在内宅里养着，也不唱歌，也不跳舞，也不操家务，也不大吃，也不大喝，也不大走路，也不大说话，只管坐着充当摆设。如今有这么一位听说王二家好玩得要命，也要来看看。昆仑奴不好厚此薄彼，只得答应，他特地来关照王二，要他把家里好好收拾一下。于是王二把房子彻底清扫，换上一张新草席，借了上等茶具，就在家里静等。

是夜昆仑奴来时，背了个极大的包，好像里面是大肚子弥勒佛。开包后先是三重棉絮、六层绸缎、八层轻纱，然后才是这位佳人。这是位中国少女,在席上坐得笔直,从始至终,眼帘低垂。她穿着白软缎的衣裙,脸色苍白有如贫血,面目极其娟秀,嘴极其小,鼻极其直,眉极其细,身材也极其苗条,肩极其削,腰极其细,手指极其细长,脚极其小。坐了许久,才发出如蚊鸣的细声,请求一口茶。王二急取黄泥炉、紫砂壶,燃神川之炭,烹玉泉之水,沏清明前之雀舌茶,又把细瓷茶具洗涮二十遍后,浅斟奉上。少女润唇之后,把茶杯放下,又坐半个更次,乃出细声曰:

"多谢款待。盛情今生难报,留待来世。"然后就离去了。

王二见过这位女郎,顿时失魂落魄,爱了个发昏章第十一。虽然她在他对面坐过,他却如在十里地之外见过她似的,回想起来只有一点模糊的轮廓。他想,这才是女人!极其高贵极其纯洁,想到她就有天上人间之感。这种感觉,正是古今一般同。

第二天,我要和小胡登记结婚,这件事想起来就忐忑不安。等到阁楼没了声息,我从窗子里爬回去,只见桌子上留一张条子,上书:

一、今晚不聊天了。

二、明天下午三点钟办事处门口见,请着白色西服。

三、明晚上我请客。

屋子里到处是水渍,还有一种淡淡的石灰水气味。闻见这种味儿,就想起小胡来,觉得她很不错。古人云,环肥燕瘦各有态。她是属于环肥那一种。无论怎么说,我不能拒绝这种结论,即小胡是漂亮女孩。只要不是神经病似的非绝代佳人不娶，大概也可以满意了。

当然，我对身轻如燕，举止端庄，沉默寡言者更为倾心。这种感觉，正是古今一般同。当年王二在家里见过这样一位佳人，就爱心大炽，一再托昆仑奴传请她再来。她拒绝了好几次，最后终于来了，坐在王二对面，还是低垂着眼帘，什么都不说。王二一再劝诱她稍进饮食，她终于从盘里取一粒樱桃吃下去，流泪说道："情孽。"然后又什么也不说了。到天明前，她和昆仑奴一起离去，王二想问她什么时候再来，但恐怕太唐突，就没有问。

我一直睡不着。到半夜时分，小胡轻轻地爬上楼来，坐在对面的椅子上，沉默了好久以后，忽然问我睡着了没有。她显然是明知故问。我翻身坐起来，看着窗前的月光。是夜有薄云，故而月光也如一抹石灰水，就如她身上白色的内衣一样淡薄。我想到如下事实：

以前我们都有凌云壮志，非绝代佳人不娶，非白马王子不嫁。所谓绝代佳人者，自然是身轻如燕，沉默寡言者，而非高大健美，大嘴啦啦者。至于白马王子，身高一米九十以上，面白无须。因此我们结成同仇敌忾的统一战线，立志开拓我们的世界，看今夜的形势，只怕要壮志成灰。

小胡忽然哭起来，提到如下事实：

小时候她被人揪小辫子（其实是她先招惹了别人），要我给她撑腰，而我跑去以后，只要又着腰在一边站着，喝道："你揍他！我不信你揍不过！"她得了我的教唆，就扑过去又抓又咬。

半夜里我叫她参加我的午夜行动，从窗户里爬出去骑在屋脊上。屋脊非常光削，她感觉它要把她从下到上一切两半，就像猪崽子一样嚎叫，却被我厉声喝止。下来以后我还打了她两拳，打在腰眼上。

小胡说，这种行为很野蛮，我这么对待她不公道，她要求立即改变，因此我过去和她拥抱接吻。这种身体接触是平生第一次，我非常地兴奋。但是想起我的绝代佳人计划，又有点害羞。于是我放开她，回到板床上坐下，又觉得心有未甘。幸好她跟过来，两个人搂在一起，觉得很不错。我的手放肆起来，此时有如下想法：

小胡和我这么搂着，实在是很自然的事。

假结婚是扯淡。

于是我说，现在我们这样，虽然非常之好，可是我的绝代佳人和她的白马王子计划岂不是完全失败？但是小胡说，现在很快活，这显然是伟大胜利，怎么能说是失败？

那位绝代佳人第三次到王二家去，带了一个小丫头和很多东西。昆仑奴几乎背不动，当她和王二对坐无言时，小丫头就勤快地动起手来。先挂起罗绡帐，又陈放好博山炉，在炉里点上檀香。她在草席上铺上猩猩毡，又在毡上铺上象牙细席，放上一对鸳鸯枕，就和昆仑奴到门外去嗑瓜子儿。王二和她静坐多时，终于拉着手到帐里去。在那儿他怀着虔诚的心情为她宽衣解带，扶她在席上躺下。然后定睛一看，席上是一个女人的裸体，并非什么不可思议的怪物，只不过腿非常细长，脐窝非常小而浅，腰非常细，乳房小而圆，非常精致，肋骨非常细，如同猫肋一样。王二就胆壮起来，先正襟危坐，如抚琴一般轻抚她身体三匝，又俯身在她的樱唇上一吻，然后就宽衣拉下帐子完成夫妇大礼的其他部分。

我也和小胡行了夫妇之大礼，不过弄得不依古格，乱七八糟，就连我这嗜古成癖的人都不能克己复礼，可见人心不古，世道浇漓。但是礼毕时，我们俩都很满意。这种感觉，大概古今无不同。

根据史籍记载，王二和那位美女行过礼之后就逃到外乡去做豆腐为生，和我的职业一模一样。昆仑奴回主人家去。不久此事败露了，那位主人派了三十个兵去捉他，可是没想到这位黑先生在非洲以爬树捉猴子、跑步追羚羊为生。他见势不好，把木碗别在腰里拔腿就跑，大兵根本追不上，终于跑得无影无踪，音信全无，一直跑回非洲去了。

# 红线盗盒

　　肃宗时薛嵩在湖南做沅西节度使，加兵部尚书、户部左侍郎、平南大将军衔，是文从一品、武一品的大员。妻常氏，封安国夫人。子薛湃，封龙骑尉。沅西镇领龙陵、凤凰两军，治慈利等七州八县，镇所在凤凰寨，显赫一时。

　　有一天早上，薛嵩早起到后院去。此时晨光熹微，池水不兴波，枝头鸟未啼，风不起雾未聚，节度大人在后园，见芭蕉未黄，木瓜未熟，菠萝只长到拳头大小。这一园瓜果都不堪食。节度大人看了，有点嘴酸。正在没奈何时，忽然竹林里刷啦啦响，好似猪崽子抢食一样，钻出一个刺客来。此人浑身涂着黑泥，只露眼白和白牙；全身赤裸，只束条丁字带儿；胸前一条皮带，上挂七八把小平斧，手握一口明晃晃的刀，径奔薛节度而来，意欲行刺。薛节度手无寸铁，无法和刺客理论，只得落荒而逃。那刺客不仅是追，还飞了薛嵩一斧，从额角擦过。薛嵩直奔到檐下，抢一条苦竹枪在手（此物是一条青竹制成，两端削尖，常用来担柴担草，俗称尖担是也），转身要料理这名刺客。那刺客见薛节度有枪在手，就不敢来见高低，转身就跑。薛嵩奋起神威，大吼一声，目眦尽裂，把手中枪掷出去，正中那刺客后心，把他扎了个透心凉。办完了这桩事儿，他觉得脸上麻麻痒痒，好像有蚂蚁在爬，伸手一摸，沾了一手血。原来那一斧子并不是白白从额面擦过去的，它带走了核桃大小一块皮肉。他赶紧跑回屋去。这间屋子可不是什么青堂瓦舍，而是一间摇摇晃晃的竹楼。竹板地板木板墙。房里也没有绸缎的帷幕，光秃秃的到处一览无遗。他叫侍妾红线给他包扎伤口。这位侍妾也非细眉细目粉雕也似的美人——头上梳凤头髻，插紫金钗，穿丝纱衣袍，临镜梳妆者。此女披散着一头乌发，在板铺上睡着未起，一看薛嵩像血葫芦一样跑了进来，不惟不大叫一声晕厥过去，反而大叫一声迎将过来。她身上不着一丝，肤色如古铜且发亮，长臂长腿，皮肉紧绷绷，矫捷如猿猱，不折不扣是个小蛮婆。

如前所述，薛嵩早起所赏之园，以及他府第和侍妾的状况，根本不像大唐一位节度使，倒像本地一位酋长。不过这只是表面现象，事实上他毕竟是天朝大邦的官员，有很高的文明水平。红线为他包扎伤口，被他当胸一掌推出三尺。节度大人说：

"你真是没道理！我是主，你是奴；我是男，你是女；我是天，你是地；如今我坐在地上，你站着给我裹伤，倒似我给你行礼一般！"

红线只好跪下给他裹伤，嘴里说，她不过是看他中原人长得好看，就跑来跟了他，谁知他有这么多讲究，又是跪又是拜，花样翻新。闲话少说，裹好伤以后，薛嵩穿上贴衣的细甲，提一条短枪，红线拿上藤牌短刀，到园子里看那个死刺客。红线略一打量，就说：

"这不是山里人，而是山下湖边的汉人。"

薛嵩说："放屁，你看这家伙光着身子抹一身黑泥，不是山里的蛮子是什么？你说他不是山里人，无非是为你的蛮族同胞开脱。"红线说："他的确不是山里人。首先，他用手斧行刺。山里的部落有善用吹筒的，有善用标枪的，但绝无用飞斧的。第二，他的牙齿洁白，从来没嚼过槟榔。所以他是山下的汉人，往身上抹一身泥巴，混充是蛮人。"薛嵩说："混账！放屁！岂有此理！"红线只好跪下来说："奴婢知错了，奴婢罪该万死。"薛嵩对她在教化方面的进步表示满意，就说："姑念尔是初犯，本老爷免于责罚，快给我上山去把马套下来。"他伸出一只手，把红线拽起来，叫她快点跑。

等红线把马拉来时，薛嵩已经着装完毕：身上穿二指厚海兽皮镶铁的重铠，头戴一顶熟铜大盔，背插银装铜，腰悬漆裹铁胎大弓和一壶狼牙箭，手提七十斤重的浑铁大枪，骑在枣骝嘶风马上，威风凛凛，仪表堂堂。不过这种武装在此地极不适宜，因为此地山高林密，到处是沟谷池塘，万一马惊了把他甩在塘里，会水也要淹死。依红线的意见，他不如骑一条大牡牛出去，不必穿甲，拿个大藤牌护身；枪铜都不必带，带一把长刀就够用。当然这些话是蛮婆的蠢主意，薛嵩完全听不进。他打马出去，立在当街，喝令他的兵集合——那些兵都躺在各处竹楼檐下的绳床上，嚼槟榔的，看斗鸡的，干什么的都有。薛嵩吆喝一早晨，才点起二百名亲兵。他命令打一通鼓，拉开寨门，就浩浩荡荡出发，刺客的尸首就驮在队尾的牲口上。他要到这九洞十八山的瑶山苗寨问一问，是谁派刺客来刺他。

薛嵩上山去找酋长们问罪，去时披坚执锐，好不威风，回来时横担在马背上，脸色绯红，人事不知。他手下的兵轮流扛着那条大枪，也累得气喘吁吁。这倒不是吃了败仗。薛嵩这一条枪虽不及开国名将罗士信、秦叔宝那两条枪有名，可在至德年间，使枪的名家就数着他啦，岂能在这种地方栽跟头？实际上他上山以后并没和人开仗，就从马上栽了下来。回到寨里，红线一看薛嵩的症候，就叫亲兵卸去他的盔甲，把他放在竹床上。此时节度大人胸前胁下，无数鲜红的小颗粒清晰可见。红线叫大兵提来井水，一桶一桶往他身上浇，浇到第七桶，节度大人悠悠醒转。原来山上虽然凉快，可毕竟是六月酷热的天气，穿海兽皮的厚甲不甚相宜。节度大人披甲出门，不单捂了一身痱子，而且中了暑。

节度大人醒来时，只见自己像刚出世一样精赤条条，面前站满了手下的兵，这可不得了！他这个身体，虽不比皇上的御体，但是身为文武双一品的朝廷大员，起码可以称为贵体，岂能容闲杂人等随便来看？更何况他身上长满了痱子。薛嵩是堂堂的一条好汉，而痱子是小孩子长的东西，所以既然长了痱子就应该善加掩饰，怎么能拿来展览？薛嵩把手下人都轰出去，关起门来要就这个过失对红线实施家法，也就是说，用竹板打她的手心。可是那个小蛮婆发了性子，吼声如雷，说老娘好意救你，倒落下好多不是，这他妈的就叫文明啦！她还把孔圣人、孟圣人，以及大唐朝的列祖列宗一齐拿来咒骂。薛嵩见她不服教化，也只好罢休。他叫她拿饭来吃，今宵早点睡，明天起绝早再上山去找酋长们问罪。

红线把节度大人的晚膳拿来——诸位，这可不是羊炙鱼脍之类的大唐名菜，盛在细瓷盘白玉碗里；而是生腌鱼、牛肉干粑、酸菜臭笋之流，盛在竹筒木碗之中。红线给薛嵩上菜根本谈不上举案齐眉，只是横七竖八端上桌来。这女人好像有点得意忘形，端上菜以后就粗声粗气地说：

"吃吧！"

把薛嵩气得要发疯。如果她是薛嵩的正妻，薛嵩就要按七出之条出了她。如果她是长安家里的侍妾，薛嵩就要把她臭揍一顿，卖给人贩子。可是此地是荒山野岭，使不得这一套。他只好忍气吞声地吃饭。吃到一半，他忽然想到这蛮女今天这么趾高气扬，想必做下了什么露脸的事情，不妨问上一问。这一问就问出来，早上薛嵩出去以后，又有两位身上涂黑泥的大爷到家里来找他，被红线使铁叉叉翻，吊在后园的竹林里。薛嵩一听大喜，跑到后园一看，那儿果然吊着两个人。这一下薛嵩连饭也顾不上吃，连忙跑到家里，开箱子取出一品大员的大红袍穿上，戴上乌纱帽，束上碧玉带，一边穿衣一边告诉红线法律方面的事，按大唐的制度，节度使不问刑名，案子应该交地方官审理。不过这个案子是行刺本节度，所以可以按军法审理。说完这些活，他就兴冲冲出门去，叫军政司升帐审那两个刺客。

这个案子倒不难审。两个刺客一到堂上不等用刑就招了供。薛嵩问明情由，给那两位立下罪名，一是偷越关津，擅入沅西镇地面；二是身怀利器，擅入节度府第，行刺朝廷方面大员，按军法推出辕门斩首。等到把这两人斩了，薛节度回家去，坐在铺上生闷气。再看那红线，在一边叉开腿坐着，丢沙包捉羊拐，玩得十分开心，气得他拍席喝道："小贼婆，高兴什么？"

红线闻声十分踊跃地奔过来，跪在薛嵩面前，气壮如牛地吼道："奴婢知错了！奴婢罪该万死！！"

薛嵩被她搅得没了脾气，只好把她拉起来说："得啦，起来说话，我现在倒运得很，遇上一件糟心事，只好和你商量。"

"启禀家主爷，奴婢罪该万死得很啦，我不知道你说的是哪一出。"

"还能是哪一出？就是早上那两个刺客的事。"

"噢！那两个刺客！你问出来了吧，他们是苗人还是瑶人？"

一说起那两个刺客的种族，薛嵩脸色有点阴沉。红线说："是不是又要给你跪下来？"薛嵩说："这倒不必，那些人果然如你所说，全是汉人，他们是两湖节度使田承嗣帐下的外宅男，奉差来取薛某的首级。"红线说，她十分知罪，首先，她乃三阴弱质，头发长见识短；其次，她乃蛮夷之人，不遵王化，因此她这个小奴家就不知什么叫外宅男，以及他们为什么要取薛嵩的首级。薛嵩说，这件事十分荒唐，这位两湖节度使田承嗣，管着洞庭周围数十州县，所治都是鱼米之乡，物产丰饶，不知起了什么痰气，还要来抢薛嵩的地盘。田老头自称有哮喘病，热天难过，要薛嵩借一片山给他避暑。怎奈薛嵩名义上领有两军七州八县，实际上能支配的也就是这凤凰寨周围的弹丸之地，没地方可借。田承嗣索地未遂，就坏了良心，派他的外宅男来行刺。所谓外宅男者，二等干儿子是也。像这类的干儿子田老头有三千余人，都是两湖一带的勇士，受田老头豢养，愿为其效死力者。这种坏东西今后还要大批到来，杀不胜杀，防不胜防，真不知该怎么对付。红线说，这都怪节度相公当初没听她的话。要按她的意见，当初建寨时，只消种上一圈剑麻或是霸王鞭，此时，早长到密密层层，猪崽子也挤不进，刺客要不是长虫，根本爬不进来。现在立了一圈寨栅，窟窿比墙还大，什么都挡不住。薛嵩说，这种话毫无意思，现在去种剑麻也晚了。红线说，家主老爷自称是文一品、武一品，又是大唐的勋戚,在皇上面前很有面子的。只消写一纸奏章,送到长安去,皇上就会治田承嗣的罪——最低限度也要打几十下手心。薛嵩愁眉苦脸地说,这种事皇上多半是不管。那年头群藩割据,潼关以东朝廷号令不行,想管也管不了。于是红线说,她还有个主意,就是他们上山去投靠她的"爹爹"。她的"爹爹"是个大酋长,管十几座寨子,住在他那儿,薛嵩的安全一定没问题。薛嵩说,这可不成。他是朝廷命官,天朝的大员,岂能托庇于蛮酋之下?夫子曰,三军可以夺帅,匹夫不可以夺志。万不可如此行。红线就说,她没有其他的主意了,除非他回长安去。回长安也不坏,她想跟着去见见那个花花世界。不过薛嵩家里还有妻室,又有公公、婆婆、大姑子、小姑子等等,数以百计。现在侍候薛嵩一个老爷,又要跪又要拜,当婊子也还可以,再加上老太爷、老太太、大奶奶、二奶奶等等,那就肯定不好玩。

听了红线的活,薛嵩长叹一声。他不能回长安去,不过这话不能讲给红线听。她虽是贴身侍妾,但是非我族类,不可以托以腹心。他想,我到湘西,原是图做二军七州八县的节度使,为朝廷建功立业,得一个青史扬名,教后世的人也喝一声彩。好一个薛嵩,不愧是薛仁贵之孙,薛平贵之子!谁知遇上这么一种哭笑不得的局面,眼下又冒出了田承嗣,也来凑这份热闹,真他妈的操蛋得很。然后他想:二军七州八县没弄着,只弄上一个小蛮婆。这娘们不待父母之命媒妁之言就跑了来,可算是淫奔不才之流；我和她搅到一块，有损名声。最后他又想：这蛮婆也不坏，头发很黑，眼睛很大，腿很长，身腰很好；天真烂漫，说什么信什么。套一句文来说就是：蛮婆可教也。眼下再不把她好好利用一下，就更亏了，他把这意思一说，红线十分踊跃："是！领相公钧旨！"就躺下来，既没有罗绡帐，又没有白玉枕。薛大人抱着她就地一滚。这项工作刚开始，只听后门嘎嘎一响，薛嵩撇下红线就去抓枪。可是红线比他还快，顺手抓一方磨石就掷出去，只听"哇"的一声，正打在一个人面门上。那人提一口刀，正从门外抢进来。薛嵩十分恼火：行刺拣这个时候来，真该天诛地灭，千刀万剐。于是他挥起大枪杀出去，一到后院，就有七八个人跳出来和他交手。这帮人手段高强，更兼勇悍绝伦，薛嵩打翻了两个，余者犹猛扑不止。要不是红线舞牌挥刀来助，这场争斗不知会有什么结果。那伙人见薛、红二人勇猛，唿哨一声退去，把伤员都救走，足见训练有素。后面是一片竹林，薛嵩腿上也挂了一点伤，所以他无心去追。回到屋里，红线拾起刺客丢下的刀一看，禁不住惊呼一声：

"哇！这刀可以剃头嘛？"

薛嵩一看，认得是巴东的杀牛刀，屠千牛而刃不卷，颇值些钱的。刺客先生用这种刀，大概不是无名之辈，他觉得今晚上事态严重，十之八九要栽。首先，他这凤凰寨里只有几十个人，其余的兵散居于寨外的林里，各拣近溪傍塘之处开一片园子，搭一幢竹楼居住；其次，住在寨圈里这几十个人，也是这么七零八落。

原来他的兵也和他一样，都搞上了蛮婆。蛮婆就喜欢这种住法，他们说这样又干净又清静。现在他要集合队伍，最远的兵住在十里之外，这么黑灯瞎火怎么叫得齐？薛嵩正在着急，红线说：

"启禀老爷，奴婢有个计较。"

"少胡扯！不是讲礼法的时候！有什么主意快说！"

"禀老爷，这帮家伙在后园里不走，想必是等他们的伙计来帮忙。我们赶紧爬出去，找个秃山头守住。今晚月亮好，老爷的弓又强，在空旷地方，半里地内谁一露头你就把他射死，不强似守在这儿等死。"

这真是好主意。两人掀开一片地板，红线拿着弩箭，嘴里衔一口短刀。薛嵩拿了弓箭，背了官印，钻下去顺着水沟爬到林子里。这儿黑得出手不辨五指，只听见刺客吹竹哨联络，此起彼落，不知有多少人到来。薛嵩也不顾朝廷大员的体面，跟在红线背后像狗一样爬。爬出寨栅，才站起来跑，又跑了好一阵，才出了林子上了山头。是夜月明如昼，站在山头上看四下的草坡，一览无遗。薛嵩把弓上了弦，摇摇那壶箭，沉甸甸有五六十支，他觉得安全有了保障，长叹一声说：

"红线，你的主意不坏！这一日大难不死都是你的功劳！"

正说之间，山下寨子里轰一声火起，烧的正是薛节度的府第，火头蹿起来，高出林梢三丈有余。寨里有人乱敲梆子，高声呐喊，却不见有人去救火，那火光照得四下通红。薛嵩这才发现自己浑身上下不着一丝，尚不及红线在脖子上系一条红领带。薛嵩一看这情景，就撅起嘴皱起眉，大有愁肠千结的意思。红线不识趣，伸手来扳他的肩。

薛嵩一把把她推开，说："滚蛋！我烦得要死！"

"呀！有什么可烦的，奴婢罪该万死，还不成吗？"

薛嵩说，这回不干她的事，山下一把火，烧去了祖传的甲枪还是小事，还把他的袍服全烧光。他是朝廷的一品大员，总不能披着芭蕉叶去见人。在这种荒僻地方，再置一套袍服谈何容易。不过这种愁可以留着明天发。这两位就在山头上背抵背坐下，各守一方。红线毕竟是个孩子，闹了半夜就困了，直耷拉头，薛嵩用肘捅她一下说：

"贱婢，这是什么所在，汝尚敢瞌睡乎？我辈的性命只在顷刻！"

红线大着舌头说："小贱人困得当不得，你老人家只得担待吧！"

说完她一头睡倒，再也叫不醒。她一睡着，薛嵩的困劲也上来了，他白天中过暑，又挂了两处彩，只觉得晕晕沉沉，眼皮下坠，于是他把红线摇起来，说：

"红线，我也很困！你得起来陪我，不然两人一齐睡过去，恐怕就都醒不过来了！"

红线发着懒说："启禀大人，奴婢真的困得很啦。你叫我起来干什么？天亮了吗？"

她坐在那儿两眼发直，说的全是梦话，转眼之间又睡熟了。薛嵩用脚踢了她腰眼一下，这下不仅醒过来，而且火了。

"混账！我刚睡着！你他娘的又是大人，又是老爷，把便宜都占全，值一会儿夜就不成吗？老娘又跪你，又拜你，又喊你老爷，又挨你打，连觉也不能睡？我偏要睡！"说完她又睡倒了。

薛嵩一个人坐在山头上四下瞭望，忽然一阵悲从中来，他禁不住长吁短叹："唉！流年不利，闹得我有家难回！"这股伤心劲儿上来，禁不住流了几滴英雄泪。红线在睡梦中听见，就爬起来，怯生生来拉薛嵩的手。

"老爷，你怎么了你？你老人家这个脸子真难看。好啦，奴婢知罪啦，你来动家法！"

薛嵩说："你回去睡吧。老爷我的精神劲儿上来，守到天明不成问题。"红线说，听见老爷叹气，就像烙铁烙心一样难受，她也睡不着。用文词儿来说，生死有命，富贵在天，叹之何为。薛嵩曰：事关薛氏百年声威，非汝能知者。红线说，但讲何妨。某虽贱品，亦有能解主忧者。这一番对答名垂千古。唐才子袁郊采其事入《甘泽谣》，历代附庸者如过江之鲫，清代才子乐钧赞曰："田家外宅男，薛家内记室；铁甲三千人，哪敌一青衣。金合书生年，床头子夜失。强邻魂胆消，首领向公乞。功成辞罗绮，夺气殉无匹。洛妃去不远，千古怀烟质！"

洛妃当是湘妃之误。近蒙薛姓友人赠予秘本《薛氏宗谱》一卷，内载薛姓祖上事极详，多系前人未记者。余乃本此秘籍成此记事，以正视听。该书年久，纸页尽紫，真唐代手本也！然余妻小胡以其为紫菜，扯碎入汤做馄饨矣。唐代纸墨，啖之亦甘美。闲话少说，单说那晚薛嵩坐在山头上，对红线自述忧怀。据《甘泽谣》所载："嵩乃具告其事，曰：我承祖上遗业，受国家重恩，一旦失其疆土，即数百年勋业尽矣。"语颇简约，且多遗漏，今从薛氏秘本补齐如下：

红线：照奴婢看，打冤家输到光屁股逃上山，也不是什么太悲惨的事儿。过两天再杀回去就是啦。老爷何必忧虑至此。

薛嵩：这事和你讲不明白。我要是光棍贫儿，市井无赖出身，混到这步田地，也就算啦。奈何本人是名门之后，搞成眼下这个样子，就叫有辱先人。我的曾祖，也就是你的太上老爷，名讳叫做薛十四，是唐军中一个伙夫，身高不及六尺，驼背鸡胸，手无缚鸡之力，一生碌碌无为。我的祖父，也就是你的太老爷，名讳叫做薛仁贵，自幼从军做伙夫，长成身高七尺，猿臂善射，勇力过人，积军功升至行军总管，封平西侯。我父亲，也就是你的老太爷，名讳叫薛平贵，身长八尺，有力如虎，官拜镇国大将军，因功封平西公。至于我，身高九尺，武力才能又在祖父之上，积祖宗之余荫，你看我该做个什么？

红线：依奴婢之见，你该做皇上啦。

薛嵩：咄！蛮婆不知高低！这等无君无父，犯上作乱的语言，岂是说得的呢？好在没人听见，你也不必告罪啦。我一长大成人，就发誓非要建功立业，名盖祖宗不可。可惜遇上开元盛世，歌舞升平。杨贵妃领导长安新潮流，空有一身文才武艺，竟无卖处！

接下来红线就说，她不知开元盛世是怎么回事。薛嵩解释说，那年头长安城里彩帛缠树，锦花缀枝。满街嗡嗡不绝，市人尽歌《阳春白雪》。虽小户人家，门前亦陈四时之花草，坊间市井，只闻箜篌琵琶之声。市上男子衣冠贱如粪土，时新妇女服装，并脂粉、奇花、异香之类，贵得要了命，而且抢到打破头。那年头与长安子弟游，说到文章武事，大伙都用白眼看你，直把你看成了不懂时髦的书呆子，吃生肉喝生鸡子的野蛮人。非要说歌舞弦管、饮酒狎妓之类的勾当，才有人理你。那年头妇女气焰万丈，尤其是漂亮的，夏日穿着超薄超透的衣服招摇过市，那是杨贵妃跳羽衣霓裳之舞时的制式。或着三点式室内服上街，那是贵妃娘娘发明的。她和安禄山通奸抓破了胸口，弄两块劳什子布遮在胸前，皇帝说美得不得了，也不知道自己当了王八。那年头杨贵妃就是一切。谁不知杨家一门一贵妃、二公主、三郡主、三夫人？杨国忠做相国，领四十使，你就是要当个县尉也要走杨府的门子啦！弄不来这一套的，纵使文如李太白，武如郭子仪，也只好到饭馆去端盘子。贵妃娘娘的肉体美，是天下少女的楷模。她胸围臀围极大而腰围极细，这种纺锤式的体型就是惟一的美人模式。薛嵩的妹妹眉眼很好看，全家都把希望寄托在她身上。督着她束紧了腰猛练负重深蹲和仰卧推举,结果练出一个贵妃综合症来,束着腰看,人还可以;等到把紧身衣一解,胸上的肉往下坠,臀上的肉往上涌,顿时不似纺锤,倒似个油锤。如此时局,清高点的人也就叹口气,绝了仕途之念。奈何薛嵩非要衣紫带玉不可。妹妹没指望,他就亲自出马:从李龟年习吹笛,随张野狐习弹筝,拜谢阿蛮为师习舞,拜王大娘为师习走绳。剃须描眉,节食束腰。三年之后诸般艺成,薛嵩变为一个身长九尺,面如美玉,弱不禁风,一步三摇之美丈夫,合乎虢国夫人(杨贵妃三姐,唐高宗之姨)面首的条件,乃投身虢门。看眼色,食唾余,受尽那臭娘们的窝囊气。那娘们还有点虐待狂哩,看薛嵩为其倒马桶,洗内裤,稍不如意便大肆鞭挞。总之,在虢府三年,过的都是非人生活。好容易讨得她欢心,要在圣上面前为他提一句啦,又出了安史之乱,杨氏一族灰飞烟灭。天下刀兵汹汹,世风为之一变。薛嵩又去投军,身经百战,屡建奇勋,在阵前斩将夺旗。按功劳该封七个公八个侯。奈何三司老记着他给虢国夫人当面首的事,说他"虢国男妾,杨门遗丑,有勇无品,不堪重任",到郭子仪收复两都,天下已定,他才混到龙武军副使,三流的品级,四流的职事。此时宦官专权,世风又为之一变。公公们就认得孔方兄、阿堵物,也就是钱啦。薛嵩一看勤劳王事,克尽职守没出路,就弃官不做。变卖家中田产为资本,往来于江淮之间,操陶朱之业,省吃俭用。积十年,得钱亿万。回京一看,朝廷新主,沅西镇节度使一职有缺。薛嵩乃孤注一掷,把毕生积蓄都拿出来，买得此职。总算做了二军七州八县的节度使啦，到此一看，操他娘，是这么一种地面！

红线说，故事讲到这一节，她就有点知道了。五年前一队唐军到山前下寨，她那时还是个毛丫头哩，领一帮孩子去看热闹。彼时朝霞初现，万籁无声。她们躲在树林里，看见老爷独自在溪中洗浴。在苗山从没见过老爷这么美的男人：身长九尺，长发美髯，肩阔腰细，目似朗星。胸前一溜金色的软毛直生到脐窝，再往下奴婢不敢说，怕老爷说奴是淫奔不才之流，老爷那两条腿，哇！又长又直。奴婢当时想，谁长这么两条腿，穿裤子就是造孽！当时奴婢就对那帮丫头说：我现在还小，再过几年，要不把这鸟汉子勾到手，我就不是人！当然，奴婢这么说，是罪该万死的啦！

红线讲到这里，天已经亮了。太阳虽未出山，但东边天上一抹玫瑰色。那天正是万里无云的天气，半边天都做蓝白色。早上有点冷，她朝薛嵩身上偎过来。薛嵩却想：我虽落难，到底还是朝廷的一品大员，山顶上亮，可别叫别人看见。他就伸出一个指头把红线推开。

那天早上从将破晓到日头出来，薛嵩都在教训红线。说的是他一生的教训，全是金玉良言，皆切中时弊，本当照录，叫那些在小胡同里搂搂抱抱的青年引以为戒。奈何事干薛氏著作之权，未敢全盘照抄，只能简单说个大概。薛嵩说，男欢女爱，原本人之大欲，绝然无伤，但是一不可过，二不可乱。过则为淫，乱则成奸。淫近败，奸近杀，此乃千古不易之理。君淫则倾国，如玄宗迷恋杨贵妃，把这锦绣山河败得一塌糊涂；臣淫则败家，如薛嵩倒霉，完全是因为他给虢国夫人洗内裤。所以人办这男女之事，必须要心存警惕，如履薄冰，如临深渊，一失足则成千古恨。先贤曰一日三省吾身，要到这种事儿，三省都不为过。比方说现在，你往我身上凑，我就要自省：一、尔乃何人？余与尔狎，名分得无过乎？当然你是我的妾，名分上是没问题啦。二、此乃何时？所行何事？古人云，暮前晓后，夫妇不同床。当然，你也不是要干那种事，不过是身上冷，要我搂着你。第三条最难，要顾及人言可畏。如今天已经大亮，我在山头上搂着你，别人看了，岂有不说闲话的？这比张敞画眉性质要严重多了！我是在男女关系上犯过错误的人，所以要特别警惕。

红线说：禀老爷，奴婢知过了。又说：每回老爷为这种事教训奴婢，奴婢心里就怒得很，真恨不得一刀把老爷杀了扔到山沟里去。所以下回老爷再遇到这种事儿，还是免开尊口，径直来动家法吧，打多少都没关系。别像个没牙老婆子，啰嗦起来就没完。红线说到此处，眉毛扬起来，鼻孔鼓得溜圆，咬牙切齿，怒目圆睁。薛嵩想：这小蛮婆说得出做得出，还是别招惹她。另一方面，圣人曰：水至清则无鱼，人至察则无徒。如今我身边只剩一个蛮婆，还是要善加笼络。正好此时大雾起来，薛嵩就说，小贱人，现在没人能看见，你过来吧，老爷我暖着你。小子阅《薛氏宗谱》至此，曾掩卷长叹曰：薛嵩真不愧是名门之后，唐之良臣也！且不论其武功心计，单那早上对红线之态度，已见高明。正如武侯祠上楹联所说：

"不审势则宽严皆误，能攻心则反复自消！"

余效得此法对付余妻小胡，把她治得服服帖帖，发誓说只要王二爷还有一口气，世上的男子她连看都不看一眼。就是高仓健跪在她面前，也只好叫他等到王二死了再来接班。闲话免谈，单说那早上薛嵩把红线搂在怀里。红线感泣曰：

"老爷，你对我真好。有什么忧心的事儿，都对贱妾讲了吧，天大的事儿，奴给你担起一半。"

薛嵩说，眼下的事儿连老爷都没主意，你能有什么办法？红线说，老爷休得小看了奴婢！这二年给老爷当侍妾，我老实多啦。前几年贱妾还是这一方苗山瑶寨的孩子王哩。登高凫水，无一不会。弩箭吹筒，无一不精，刀枪剑戟都是小菜。就连下毒放蛊，祈鬼魔神那些深山里生番的诸般促狭法门，也耍得比巫师神汉一点不差。当然啦，奴婢的本领没法儿和老爷比，老爷是人中之龙，名门之后，大唐之良将，还给虢国夫人当过面首的；不过小本领有时能派大用场。老爷读经史，岂不闻曹沫要离之事乎？

薛嵩听了这种话，也不敢太当真。他接着讲他的倒霉事。这就要从沅西节度使这个名目说起。至德初年，有几个苗人到长安去，自称湘西大苗国的使臣，又说是大苗国领二军七州八县，户口三十万，丁口百万余。国王自愧德薄，情愿把这一方土地让与大唐皇帝治理，自己得为天朝之民，沾教化之恩足矣。当时朝廷中有些议论，说这大苗国不见经传，这几个苗使又鬼头蛤蟆眼。所贡之方物，多属不值一文。所以这八成是个骗局，是一帮青皮土棍榨取天朝回赐之物。要按这些大臣的意见，就要把这几名使臣下到刑部大牢里。可是当时是宦官专权，公公们要这大苗国。所以持此议的大臣们倒先进了刑部大牢啦，宦官们把持着皇上，开了御库，回赐苗使黄金千两，金银牌各千面，丝帛之类，难以尽述。这些东西，苗使带回去多少是很难说的。这种事儿总要给公公们上上供。然后就有沅西一镇，节度使一职索价千万缗，可以说便宜无比。不过别人都知道底细，谁也不来上这个当。偏巧薛嵩当时在江南经商，回京一看，居然有节度使出卖，只要这么点钱，就买了下来。办好手续，领到关防印信，拿到沅西镇版图，又花了比买官多十倍的钱。薛家的老少从原来的大宅子搬到一个小院里。薛嵩把部曲家丁改编成沅西镇标营。按图索骥到湘西一看——不必说了，什么都不必说了。慢说是二军七州八县，连一片下寨的地方都没有。这山苗洞瑶勇悍得很，你占一寸地他都要和你玩命。好不容易寻到凤凰寨这片无主之地，才有了落脚的地方。

红线说，好教老爷得知，这凤凰寨也是有主的地方，归戋爹爹管理。当年老爷在此下寨，爹爹要集合三十七寨上万名苗丁下山来打老爷。小贱人在爹爹面前打滚撒娇，说爹爹把老爷捧去，奴就要吞钉子。爹爹说：你既如此，就把这片地给你。将来我死后，三十七寨你都无份。后来下山来跟老爷，每回挨了家法，心里都有些罪该万死的气话。老爷不赦罪，奴一辈子也不敢说。薛嵩说，赦尔无罪，你且说来。红线说，奴婢想：小王八羔子占了老娘这么多便宜，还敢打老娘，而且打得这么痛！现在不理你，等半夜我把你切成八大块扔猪圈里去。等老爷睡了，奴又下不得手。薛嵩一听，吓出一头冷汗，连忙说：老爷打你都是一时气恼，你不要记恨。再往下有些话几近猥亵，小子未敢尽录。总之是关于家法的事，红线表示想开了也没什么不可接受的，薛嵩对她的教化程度表示嘉许。然后又提到原来的话题上去，红线问薛嵩，既然知道沅西镇是个骗局，何不回京去，向中宫们索回买官之价。薛嵩说，买官之价既付出，已不能全部索回。老爷我不回长安，又和我平生所好有关。

薛嵩对红线讲他平生所好时，正如那李后主词云：红日已高三丈透。彼时雾气散尽，绿草地青翠可爱，草上露珠融融欲滴。薛嵩的心情，却如陆游所发的牢骚：错、错、错！他觉得这一辈子都不对头，细究起来，他这人只有一个毛病：好名。其余酒色财气，有也可无也可，他不大在乎。再看他一生所遇，全是倒着来，什么都弄着过，就是没有好名声。开元时他年方弱冠，与一帮长安子弟在酒楼上畅饮，酒酣耳热之时，吟成一长短句。寄托着他今生抱负，调寄：嘣嘣嚓嚓（此乃唐代词牌，正如广陵散，已成千古绝响），词曰：

"乘白马，持银戟，啸西风！丈夫不惧阮囊羞，只恐功不成。祖辈功名粪土矣。还看今生。秩千石何足道，当取万户封！"

当时薛嵩乘酒高歌此曲，博得满堂倒彩。有人学驴叫，说薛嵩把 D 调唱成了 E 调，真叫难听。像这种歌喉，就该戴上嚼口。还有人说，薛嵩真会吹牛皮。他还要当万户侯哩，也不看看啥年月！舞刀弄棍吃不开啦！这可不比太宗时，凭你祖父一个伙头军，也能混上平西侯。又有人说令祖一顿要吃两条牛腿，而且瞎字不识。这等粗鄙之徒，令祖母不知怎么忍受的，薛嵩闻言大怒，说：你们睁开眼睛等着看吧，不出十年薛某人混不出个模样，当输东道。一晃十年，那帮长安旧友找上门来。这个说：薛嵩，你可是抱上虢国夫人的大粗腿啦。万户封在哪里？拿给我看看。那个说：咱们到酒楼上去，听薛嵩讲讲虢国夫人的裤衩是什么样子的。这种话真听不得。薛嵩在酒楼上说，再过十年做不成万户侯，还输东道。又过了十年，在长安市上又碰上旧友。人家这么说："嗨，薛嵩！怎么着，听说在江南跑单帮哪？"薛嵩头一低，送给他一张银票说："今秋东道，劳兄主持。寄语诸友，请宽限十年。不获万户封，当割首级！"

那人说："得啦老薛，千万别介。大伙都是好朋友，玩笑归玩笑。你要真赌，我包你死为无头鬼！"

他妈的，这不是咒人吗？转眼十年之期将至，就这么回乡去，别人的嗤笑难当。薛嵩决意死守在此，除了要逃人耻笑，还有两件事儿可干。第一，凭沅西节度府斗大一颗官印，派军需官到巴东江淮贩运盐铁，与苗人贸易。这么干到年终多少能有些钱物汇到家里去，要不只好喝西北风。第二，他还要等继任官来哩，叫他也尝尝这个上吊找不着绳的滋味。所以他令手下人对外只说沅西镇真个有七州八县。谁知这田承嗣也以为他有七州八县，来借一片山。如今弄得他上无片瓦、下无立锥之地。有家难回，有国难投。兽有林鸟有巢，薛嵩竟无安身之处。雷呀，你响吧！电呀，你闪吧！……

小子录到此处，觉得这薛嵩秘籍有点不伦不类。晴空万里，何来雷电？倒像近代电影中男主人公失恋的俗套。余妻小胡以为此段乃绝妙好辞，千古文章，文盖上影厂，气夺好莱坞。但小子不以为然，遂将此段删去不载。却说日上了三竿，薛嵩看着脚下的凤凰寨，由于衣冠不整，下不去。红线说："老爷，奴婢又有一个主意。咱们俩从林子里摸回去。你在草丛里躲着，我去找你的副将，借他的衣甲，就说昨晚家中失火，你老人家去得急啦，失了袍服，然后咱们扯块白布赶制袍服，拿红豆染染，也能穿。至于那外宅男，我来给你对付。小贱人在家里还是大小姐啦，上山去借百把苗丁总借得来。那些人在平地打仗不中用，要讲在林子里动手，比那外宅男强了百倍不止。逮着活的都阉了放回去。看他们下回还敢来不。"

薛嵩一听，觉得这主意还可以，只要外宅男不来行刺，这片地方他还能守得住。他手下拨拉拨拉还有千把人，多数久经沙场。薛嵩本人又有万夫不当之勇。兵法云：山战不在众而在勇。田承嗣若从大路来进攻，薛嵩倒不怕他。于是他解开包印的包袱，把那方黄缎子当遮羞布围在腰间，和红线走草丛里的小路下山去。一直摸到寨中的竹林里，从草丛里探头出去，一个人也看不见，却听见寨前空场上人声鼎沸，有个驴叫天的嗓门儿在念文书：

"领户部尚书、上柱国、镇国大将军衔，两湖节度使田，准沅源县文字：'查沅西节度使薛嵩，家宅不慎，灯火有失，酿成火灾，一门良贱，葬身火窟，夫地方不可一日无主，薛镇所遗凤凰镇，及二军七州八县地面，仰请田镇暂为管辖，以待朝廷命令。至德十年，六月二十五日，沅源县令余。'诸位，这下面有田节度使的大印和沅源县印，你们都看明白啦。小的们，把它贴起来！还有一通文书。

"户部尚书、上柱国、镇国大将军，两湖节度使田，谕沅西镇军民人等文事：'倾悉沅西节度使薛使相嵩，家宅不幸，火灾丧生，不胜悲悼之至。薛使君是咱老田的亲家啦。英年早丧，国家失去一位良将，地方上失去一位青天父母官，薛家嫂子中年丧夫，我田某焉得不伤心？田某当至凤凰寨抚慰军民，车骑在途。薛氏部属，愿去者给资遣散，愿留者帐下为军。滋事者立地格杀。切切此谕！'"

此文书念毕，场上好一阵鸦雀无声。薛嵩只觉得当头一棒，手脚冰凉。他可没想到田承嗣的手脚有这么快，昨晚上派人行刺，今早上就派人到寨来接收人马。忽然会场上有人大喊一声：

"弟兄们！咱们老爷死得不明白！多半是田承嗣捣的鬼呀！"

一人呼百人应，会场上乱成一团。红线连忙用手肘拱薛嵩：

"老爷，咱们俩杀出去吧。场上都是你的人，咱们先把田家这几个小崽子摆平了再说！"

谁知薛嵩长叹一声，面如灰土："噫！余今赤身裸体，汝又不着一丝，乳阴毕露。纵事胜，亦将遗为千秋话柄。夫子云：士虽死而缨不绝，况不着一丝乎？不如走休。"

这会场上那驴嗓子在吼："诸位，想明白了啊！管他明白不明白，薛嵩是死了，是明白事儿的赶紧回家去，我们田大人来了有赏。不怕死的就留在这儿起哄！"

于是场上的人声渐息。红线急得用双手来推薛嵩，叫道："老爷你他妈的怎么了，再不动手下人就要散光了！"

薛嵩回过头来，这张脸红线都不认识了。简言之，是张死人的脸。他呻吟着说话，其声甚惨："此乃天亡我薛氏，非田氏之能也。余不合为虢国之男妾，遂遭此报！夫天生德于予，田承嗣奈我何？而天不降德于予，也不怪姓田的骑在我头上屙屁屁。红线，自古以来，就没人当过我这样的节度使，也没听说过哪个节度使曾叫人撵得光屁股跑。这种事非偶然也，都是我不守士德的报应，现在我觉得四肢无力，心中甚乱，想来命不长矣。你搀我一把，咱们走吧。"

红线把薛嵩架到林里，扶他坐下。她叉着腰在薛嵩面前一站，气势汹汹，再没一点恭敬的样子，说出的话也都可圈可点："老爷，我不喜欢你了！你怎么这么个窝囊的样子？老娘跟你，图的你是条汉子！谁知你像条死蛇，软不出溜。我跟你干什么？"

薛嵩呻吟一声说："事非汝能知者，红线，笔墨侍候！老爷要写遗书。"

"呸！别做梦啦。上哪儿找笔墨？"

薛嵩一听，哇的一声吐出一口血来，他想起三国时的袁公路来。当年关东二十七路诸侯讨董卓，袁家兄弟为盟主，那时中兴得很。曾几何时，袁公路兵败如山倒，逃到破庙里，管手下要一碗蜜水喝。手下说：只有血水，哪有蜜水？袁公路听了呕血而死，为后世所耻笑。如今他临终，索笔墨不可得，和袁公路差不多了。红线见他可怜，就扯一片芭蕉叶，削个竹签来说："行啦，您别急，在这上面写吧。"

薛嵩要写遗书，怎奈手抖握不住竹签，只得把这蕉叶竹签都递给红线。然后又说："红线你还是跪下来。不是我要拿架子，而是这种时候一定要郑重。"

红线撅着小嘴下了跪，心里想：狗娘养的，反正就跪最后一回。她现在对薛嵩是一肚子气。那种不遵王化的人，也不懂什么夫妻情分。一觉得薛嵩可恶，就巴不得他早死。薛嵩先问一句："红线，后园里埋的金银，你要多少？"

"我要它没用处，随你怎么分派吧。"

"好。我死以后，劳你把这封书信和那些金子送往长安东三坊薛宅。交薛湃收。这信这么写——说与湃儿知道：汝父流年不利，丧命荒郊，今将毕生所贮，及先祖所传之弓，付汝收持。汝母面前可以说知。汝少年有为，勿以父为念，努力上进，好自为之。又：持书之蛮女，乃父之侍妾红线。临终之时，多蒙彼服侍，吾死后，彼愿再醮，愿守节，悉从彼便。汝终生当以母侍之，不得有违，切切。父字，至德十年六月二十五日。"

红线写完了见薛嵩画押，气得要发疯，心说我还年轻漂亮得很哩，你叫一个二十多岁的大老爷们管我叫娘，这不是要害死我？可是薛嵩又要她再写一封信，全文如下：

"李二瓜并长安诸友钧鉴：仆薛嵩流年不利丧在荒郊，十年之约，死不敢忘。今将首级交余妾红线持去，你们好好照顾她吧。我这一辈子，全是被你们这批乌鸦咒坏了！今后梦中见无头之鬼，那就是我来问候诸位。红线是我的大令，对我很好；她到长安，吃喝玩乐，多烦各位招待。她要金子，你们不得给银子，要星星，你们不得给月亮。要有一桩不应，薛大爷的脾气你们是知道的，各位家里不免要闹宅。友薛嵩百拜无首，年月日。"

然后他说："红线，我知道你这个人不遵王化，无男女之礼法。尔见老爷英雄就走了来，却不意要守很多规矩，这在我们天朝女子，原是天经地义；对蛮婆来说，可是难为你啦。老爷平生受人滴水之恩，必当报以涌泉，岂有辜负你这蛮婆的道理。现下有个主意在此：我死之后，你把我的头切下来，身子就埋了吧。这颗头，你按腊猪头做法，先腌后熏。制好了拿到长安去，先给我的狐朋狗友看这封信。等念到一半，你啪的一声把我的头摔出来——有皮无毛，龇牙咧嘴，在案上一滚，吓他们个半死。这帮家伙都是迷信的。见了这种景象，日后难免见神见鬼。一者我报过他们平生相讥之仇，二者你管他们要什么，自无不应者。他们又有钱又有势，你不是要去长安看看花花世界吗？有那帮孙子做护花使者、送钱大爷，包你玩得痛快。"

说完这些话，薛嵩从壶里抽出一支箭，双手持立，照心窝里就捅。小子阅至此处，不禁掩卷长叹曰：薛嵩割首酬蛮婆，真英雄好汉也！大丈夫来去分明，相随之恩，虽死不忘，相消之恨，虽死必报。就如吴起抱尸，死有余智。小子赞叹已毕，开卷再览——糟了，薛嵩没有死！千古佳话，登时吹灯拔蜡。原来是红线见薛嵩如此气概，就有点舍不得。薛嵩一箭捅下去，她却扑上去握着箭头往下扳，只听"啪"的一声箭杆折为两段。不仅大煞风景，而且可惜了一支好箭。薛嵩就叫："小贱人，你又来做什么！"

红线说："禀老爷，奴婢见老爷吩咐后事，英雄侠气，不减当年，对奴家又是非常之好。小贱人不禁喜欢得紧啦，不想让老爷死。您老人家不就是丢了寨子，活不下去了吗？这件事包在奴身上。不出旬日，我给你夺回来。"

薛嵩说："呸！吹什么牛皮，这一阵只听寨中人喊马嘶，田承嗣率千军万马已然进寨。我的部属，非降即丧。山川之险已去，身边羽翼已失。只剩你我主仆二人，还都光着身子。拿什么去夺回寨子？就算你上山求动了你爹爹，田承嗣的人马甚多，他也撵不走他。"

红线说："大人久经沙场，听见人马进寨就知道田承嗣来了，这大概不会有错。田老头不来还不好办，既来了，明天就要他把寨子交还，不然让他烂成一摊水。俗话说，强龙不压地头蛇，小奴家正是这一方的地头蛇！"说完，她请薛嵩稍安勿躁，自己就钻草棵走了。

薛嵩在林子里等着，不到顿饭时，就有几名苗女瑶童到来，奉上酒饭。斩草为窝，编竹为墙，一会儿搭起个绳床叫薛嵩安歇。然后半桩小子、黄毛丫头陆陆续续到这片林子来，有携刀带杖的，有舞蛇弄蝎的。将近黄昏，这种人物到了有二三百之多。薛嵩想：要凭这种队伍去收复凤凰寨，还是门都没有。不过要是去捣乱破坏，倒是够人喝一壶。原来这帮孩子携来的蛇蝎，均系骇人听闻者。什么五步蛇、眼镜蛇、青竹标、过树榕，尚属平常，又有金头蜈蚣、火尾蝎子、斗大的蟾蜍等等，及苗人下蛊诸般毒虫。要是把这些东西都扔到凤凰寨里，那儿马上就成了爬虫馆。天刚半黑，只听顽童百口相传曰："大家姐来！"薛嵩张目一视，真红线也！那一身装束，《甘泽谣》载之分明，想系诸君耳熟能详者：梳乌蛮髻，攒金凤钗；衣紫绣短袍，系青丝轻履；胸前佩龙文匕首，额上书太乙神名，脖子上围一条金鳞大蟒蛇，气派非常。满山童子皆拜曰：见过阿姐。红线又指嵩云：此乃姐夫。童子又拜曰：见过姐夫。红线乃除蟒堆置嵩身云：给我拿着点儿。那东西在薛嵩身上蠕蠕爬动，朝他脸上吐信子。它要是个母的，还可以说是在表示好感；要是公的，多半就是尝尝味道，准备吞了。不消说薛嵩吓得要死。红线登高发令，指派各童各处作乱去了。然后对薛嵩说："田承嗣处，非我亲自去不可。"于是把那条大蟒抓过来挂树上，要薛嵩写了一封致田承嗣的短简，拿着就走啦。

这故事的余下部分，薛氏秘籍所载与《甘泽谣》没啥不同，都是说红线夜入辕门虎帐，从田承嗣枕下偷出一个金盒来，里面盛着田的生辰八字。还把他剥得精光，把衣服都拿走。惟一不同之处就是，薛本说，红线盗盒时见田承嗣在梦中犹呼热，心中有所不忍，在他胸前扔了几条眼镜蛇给他抱着取凉。是夜三更，田军忽然炸了营，都说见到猛蛇恶蝎，并有十余人中毒死亡。田承嗣从梦中惊醒，只见七八条眼镜蛇在胸口筑了窝，几乎吓断了气。等到把蛇撵走，又发现枕下失了金盒，被上有薛嵩的书信，当时还以为见了鬼哩。第二天早上薛嵩派人把金盒送回，田承嗣这才大惊大怒，以为薛嵩有什么驱蛇驭鬼的邪法，连忙夹屁而逃。不单不要薛嵩的寨子，还把山边的地盘割了若干县送给薛家。《甘泽谣》所载"明日遣使赠帛三万尺，名马二百匹，他物称是，以献于嵩"，漏了最重要的东西。薛氏秘籍上写的是：赠帛三万尺，名马二百匹，并割湖西郡县，以献于嵩。"又《甘泽谣》载红线盗盒时"拔其簪珥，脱其儒裳"，把田承嗣剥成了猪猡。为什么这么干却无解释，好像红线是个好贪小便宜的。要按薛本就好解释：她老公在山上光着屁股哩，田承嗣是一品大员，薛嵩也是一品大员，所以田的衣服薛可以穿。及至薛嵩平安渡过危机，红线辞去；《甘泽谣》所载的理由均属迷信，完全不可信。薛本所载则详实可信。原来薛嵩得了山下的郡县，要下山去做有模有样的节度使，忽得长安书信，其妻安国夫人常氏已去世。薛嵩与其妻感情不好，所以也不大伤心。当时就要册封红线为正妻。红线踌躇三日，最后对薛嵩这么说：

"老爷，你真是一条好汉，奴婢也确实爱你。不过当你太太的事，我想来想去，还是算了吧。下了山，我也算朝廷命妇啦，要是不遵妇道呢，别人要说闲话，我对不住你。要是恪守妇道，好！三绺梳头两截穿衣，关在家里不准出来，这都不要紧，谁让我爱老爷呢？还得裹小脚！好好一双脚，捆得像猪蹄子，这我实在受不了！如今这事，只好这么计较：你到山下去做老爷，我在山上称老娘，这凤凰寨原本是我的，还归我管。我也学你的天朝礼仪，养一帮奴才，叫他们跪拜我。拗了我的意思，也如老爷对我似的，动动家法。总之，不负老爷平生教化之功。老爷还是我的大爷，要是想我了呢，就上山来看我。总之，再见了您哪。"

这番话是在半山上说的，说完红线就泣别薛嵩上山去了。薛氏秘籍中薛嵩红线事到此终。

# 红拂夜奔

## 序

　　李靖、红拂、虬髯，世称风尘三侠。事载杜光庭《虬髯客传》，颇为人所乐道。然杜氏恶撰，述一漏百，且多谬误。外子王二，博览群书，竭十年心力方成此篇，所录三侠事，既备且凿。外子为营此篇，寝食俱废。洗裤子换煤气全付脑后，买粮食倒垃圾未挂于心，得暇辄稳坐于案前，吞云吐雾，奋笔疾书。今书已成，余喜史家案头，又添新书，更喜日后家事，彼无遁词，遂成此序。丙寅年夏日，王门胡氏焚香敬撰。

根据史籍记载，大唐卫国公李靖少年无行。隋炀帝下江都那几年，他在洛阳城里，欺行霸市，征收老实市民的保护费。俗话说，奇人自有异相。这位大叔生得身高八尺，膀阔三停，虎背熊腰，鹰鼻大眼，声如熊罴，肌肉发达，有过人之力，头发胡子是黑的，体毛是金黄色。说出话来，共鸣在肚脐眼下面。要是在现代，他就在歌剧院唱男低音啦，也不必在街上当流氓。他的两只眼睛颜色不同，一只绿一只紫。看见这位爷们走过来，路边的小贩马上在摊头放十枚铜钱。他过去以后，这些钱就没了。

　　李靖最爱喝酒，因此结识了一大批卖酒的风流寡妇。那些女人爱他爱得要了命，只在他一进巷口，互相就要争风吃醋，吵嘴打架。具体为什么，不可明言。如今不是武则天那个年月，那种事写不得。李靖也爱到酒坊里去。每天下午三点以后，他只要不在酒坊街，腿上的肉就跳。

这一天可是例外。日头西斜，李靖还在家里，他咬牙切齿，怒发冲冠。右眼红里透紫，就如吃了人肉的野狗。左眼青里透绿，就像半夜在山里见到的豹子眼睛，两眼一齐放光，就如飞机的夜航灯。看他那个架式，你一定认为他是怒气冲天。其实不然，有什么事儿吓着他，他就是这个样儿。真到要和人拼命时，他倒是笑呵呵，这种人叫人捉摸不定，所以最是难防。他后来统帅雄兵十万，大破突厥，全靠了这种叫人不可捉摸的气质。他拍案大吼，声震屋宇，其实心在发抖。他碰上了一件倒霉的事儿，昨天一个不小心，被洛阳留守太尉杨素看上了，要收他做一名东床快婿。这可不是闹着玩儿的。这个东床比太平间还厉害，躺上去就是死人啦！

这就要怪昨天上午到洛阳楼喝酒。那个酒有点古怪，有点药味。李靖是品酒的大行家，一喝就知道这个酒，一不够年头，二不够度数。掌柜的怕人家喝了嫌不够劲头儿，以后不来，就往里泡了些大麻叶、罂粟花之类的，总之，是些上瘾的玩艺儿。他立刻破口大骂，揭了人家的底。这一下不要紧，掌柜的立刻跑出来给他作揖，说请他随便吃随便喝，酒菜一概算柜上请客，只要别这么嚷嚷。不要钱的酒菜李靖实在喜欢，他就在那儿自酌自饮，喝了一坛子有余。要按他的酒量，一坛子黄酒醉不倒他，可是架不住酒里有鬼。喝到后来，整个脑子全发痒，可又挠不着。他拉过两张桌子，把它们拼起来，跳上去就发表了以下演讲：

"诸位亲爱的洛阳楼的宾客们，俺李靖这厢有礼了。我喝这杯祝大家长命百岁！我有一个惊人的消息要宣布。根据在下近十年的调查研究，关东一带三年内将有大乱，三十六路草寇，七十二路烟尘。遍地是刀兵，漫天起烽烟。大乱过后，关东人口十不存一。俺决不是故作惊人之语！咱家这个预报里是有事实做依据的。最主要的一条是：我们圣明仁慈的皇上，大隋朝的二世主君，伟大的隋炀皇帝，也就是大家在公共厕所叫他小混蛋那一位，已然得了不可救药的精神病！"

此言一出，就是一阵卷堂大乱。有几个穿紫袍的禁军军官，都是黄胡子的鲜卑青年，要把李靖拉下来打一顿，又有几个穿黑袍的道人出手相助，和青年军官对殴起来。有一伙无赖趁机捣毁柜台，要放抢，把店小二打得抱头鼠窜，又有几名大师傅手持铁叉厨刀，奔出来收拾这伙无赖。其余的人都跑到楼梯口，后面的往前挤，前面的往下滚。李靖坐在桌子上，一面自斟自饮，一面继续演说，他的男低音就像闷雷一样在大厅里滚来滚去。他说到皇帝的毛病是严重的色情狂，他要把普天下的女人都据为己有。现在关东一带二十以下的处女，只要不瘸、不臭胳肢窝、鼻子眼睛齐全，统统被他搜罗了去。一等的直接关进迷楼，二等的留在外边备用，三等的给他拉龙船。这样就造成关东平原上严重的性饥渴，大批的光棍都要狗急跳墙。母猪的价格暴涨，可见事态之严重。他劝大伙收拾细软，赶紧西行入川避难。不过听的人已经没几个了。那帮老道正把军官骑着打，忽然看见厨师们打跑了小流氓，又来揪李靖，就把军官们搁下，冲上来痛殴这帮厨子。李靖看见一名老道背着左手，右手在个肥胖厨子脸上没点儿地乱打，禁不住叫起好来。那厨子节节后退，退到墙边，脸上已经吃了五百多拳。老道一住手，他就像坐滑梯一样顺墙出溜下来，瘫成一堆。再看那张脸，打得和一团肉馅没两样。李靖从桌子上下来，踏上一摊滑溜肉片几乎摔倒，被老道们搀住了。他迷迷糊糊地说：

"多谢道长援手！"

"这没什么。这帮胡狗成天耀武扬威，老道早就想揍他们。公子今天在酒楼仗义执言，痛斥昏君，为老民们出了一口恶气！老道真是佩服得很。就请公子到小观一坐，老道们自当奉茶，如何？"

李靖一看，这老道高鼻梁，卷毛。还说别人是胡狗，他自己也不干净。也难怪，自从五胡乱华以后，中国人的血统就复杂起来。自明清以后，中国关起门儿来，又经过好几百年严格的自交复壮，才恢复了塌鼻梁单眼皮儿。这是后话，李靖当然不知道。他听人家骂胡狗，心里不高兴。他娘是鲜卑，他祖母是东胡。从父系来说，他是名门望族，从母系来说，他的血统是大杂烩，不折不扣一个杂种。他不喜欢这帮老道，要自己回家，可是只觉得脸发麻，腿发软，天旋地转，正要栽倒，却被人架走了。

李靖醒来时，发现自己赤身裸体躺在一张软床上，他听见旁边有好多女人在窃窃私语，急忙扭头一看，可不得了。那边端坐着一个老头，老头身后还站着十几个年轻姑娘。他"刷"地跳起来，扑到旁边茶几上，抓起一盆牡丹花，连花带土都抠了出去，把空花盆扣在自己隐羞处。这时忽听身后一声轻叹："唉，可惜了好花。红拂，早知如此，就把它剪了下来，戴在你头上，让它亲近玉人之芳泽，也不辜负了花开一度。"

"干爷，话不能这么说，此花虽被弃在地，马上就要枝枯叶落，可是它的花盆却掩住了公子的妙处，救了他一时之急。红颜薄命，只要是死在明月清风之下，或是一死酬知己，那都叫死得其所。干爷，你不是这么教导我们的吗？"

"是呀？红拂，你若有意，就把你给了他。"

"干爷，你舍得呀？"

这会儿李靖走了回来，一手按住花盆，在床上盘膝坐下，气恨恨地说："老头子，你胆敢绑架我！告诉你，要绑票儿你可找错了人！我李靖身无长物，只有一间破草房，房契还没带在身上。你是谁？"

"护花使者，聚芳斋主人。你们背地里叫我老混蛋，其实我是当世第一风雅人。老夫护国公、保国公、上柱国、东都五军指挥使、留守使、保民使、捕盗使、捉杀使、禁军都太尉，杨素便是。"

李靖大叫一声，只吓得三魂幽幽、七魄荡荡。他结结巴巴地说："太尉在上，草民花盆在身，不能行礼。太尉拘捕草民，不知草民有何罪犯？"

"哈哈，老夫有一群干女儿急着要嫁出去。见到美玉良材，我就有点不择手段，你是我的乘龙快婿，只要行了礼，我就要换上称呼，叫你一声贤婿，怎么样？"

李靖头上冷汗直冒，他转转眼珠子说："太尉，话不是如此说。强娶民女已是大罪；强掳民男，那可是罪加三等！当你女婿是送命的事儿，我可不干。我也不配。我是地痞流氓，怎配那金枝玉叶？姑娘们，你们说是吧？我有癫痫病，犯起来腿肚子朝前，口吐白沫，我马上吐给你们看！"

杨素一看他要撒泼，连忙喝住："你何必如此？既是不乐意，老夫不勉强。只是老夫在公事房见到一件公事，把它拿回家里来，要和你合计着办。"他击了两下掌，叫一声："拿来！"

一个十三四岁的丫头从幕后出来，用托盘送上一张纸。李靖一只手抓过来一看，原来是他在酒楼上演说的记录稿，记得一字不漏，记录人是东京捕盗司押司计某，另有在场者六人签名，证明此记录准确无误。李靖看得手直抖。杨素冷笑一声：

"大庭广众之下，口出污言秽语，攻击圣上。这是大不敬罪，合当弃市！李靖，你要公了私了？"

"不用你来了，我他妈的自己了了！"他一把把纸塞到嘴里吃了下去，然后抹抹嘴边的墨汤儿说："杨素，这回你没辙了吧？蒲东李，没有比，我们家是天下第六皇族。好多人在外当官儿。你要收拾我，非有真凭实据不可。可是真凭实据我已经吃了。没有现场记录,你要办我的案,可要小心朝廷的议论!快把我衣服还我,让我走!"

杨素哈哈大笑:"李靖你把老夫看简单了。老夫是三朝元老,办了一辈子公案,哪能如此粗心。这一份记录,正副本七份,都有证人画押,一起端上来,能把你噎死!你自己说吧,要公了私了?"

"公了如何?私了如何?"

"公了呢,很容易,老夫弹弹指,就把你押出去。证据确凿,包你办得快。我交待的案子,比铁案还严重。不出半个月,就把你推到洛阳市上,嚓的一声,你的脑袋就没有啦!你不乐意吧?我也不乐意!像你这样的名门之后,被推出去砍头,不要说朝野震动,你那些亲戚也要记我一笔。另有一种方法,咱们可以说是两便。我把干女儿嫁给你,你搬到我府上读书。我包你享尽人间极乐。有什么不满意的可以对我说,我给你安排。当然,这种福你享不了太久,我也不是开妓院的老鸨。过两三个月,你就气虚血虚,肝亏肾亏,一身治不好的病。你也别问这是怎么得的毛病,死了就算了。你家门里,没有受官刑的子弟,老夫也没有滥杀士人之名。你死后还有个人哭,别人说起你来也好听。花前月下死,做鬼也风流嘛!到阴曹地府去,你也好看些,好歹得了善终,不是无头之鬼!如果你乐意,我也不亏待你,我把这红拂给你,你看她好看不好看?保险是黄花闺女。哎呀,李靖呀,我知道你是个好青年！谁让你有造反的思想哩？如今天下汹汹，大厦将倾。老夫身为先皇座前老臣，不得不鞠躬尽瘁，匡扶王室，把你这样的聪明人杀光了，剩下不通文墨的傻瓜，也就闹不大啦。别后悔！这和你喝酒无关，那洛阳楼是我的秘密机关，酒里下了厉害迷药，哑巴喝下去也得把心里话说出来。年轻人，姜还是老的辣呀。你觉得自己聪明，还是着了老夫的道道。要想安全，脑子里就要干净，多想着夫子曰，或者风花雪月，别把心思往旁处用。对了，现在和你说这个也没用了。你是要当我干女婿呢，还是要蹲黑牢做死囚？快说话！"

"他妈的，谁乐意挨刀子，当然死要挑个好死法。"

"红拂，出来拜见姑爷。哈哈哈，老夫又收了一个干女婿！"

红拂走出来，深深地拜下去。这姑娘像月亮一样漂亮，头发绾成对折，还有四尺多长，挂到腰际，当真是乌黑油亮光可鉴人。她抬起头来，目光直视李靖，她的眼睛清澈得如两泓泉水。李靖想：这女人真是恬不知耻！你这混蛋，就要像一条大水蛭缠在我身上把我吸干，还这么自得其乐。这么看着我，就不觉得一点惭愧吗？红拂对李靖行完了注目礼，又转过身去，跪在杨素面前，娇声说道："谢谢干爷赐婚！干爷呀，什么时候请我那夫君搬进来呢？"

她说起话来似唱似吟，声音里有说不出的性感，大有绕梁三日的意思。可是李靖听了心里有气，暗叫：你不要说得这么好听！你是刽子手，我是死囚。什么"夫君"？不嫌寒碜！杨素大笑道：

"择日不如撞日，撞日不如今日。咱们这就收拾小院，让你二人住进去，我知道你这小蹄子，心已经飞了！一刻也等不得，我说的是也不是？"

"干爷知道奴家的心事。"

李靖大喝一声："慢着，杨素，我要回家收拾一下。"

杨素大笑："你收拾什么？我知道你家里只有一间草房，两个破箱子。那东西就是带进来也要一把火烧掉——不卫生。也罢也罢，放你一天假，我知道你是要逃。我警告你，死了这条心！多少人跑过，还是被抓回来，老夫早已把天下剑客罗致一空，门下高手如云。你就是有上天入地的神通，也出不了我的手心！"

"你也不要太狂妄！别人跑不了，我没准就能跑得了。你有本事和我打个赌：给我三天。过三天我要跑掉了，你是笨蛋。跑不掉，我是傻瓜。如何？"

杨素听了高兴得直搓手心。"好哇好哇！我杀人就要杀得有艺术性，要让死者心甘情愿。除放假一天，我再给你三天，你可以在洛阳城里随便走。到第四天下午时，或者你来太尉府报到，与我那干女儿共入罗帐，或者你逃出洛阳七百里，我不加追究，只要你一出洛阳城，我就杀！"

"好说，君子一言？"

"快马一鞭！"

"一击掌！我怎么能相信你？"

"二击掌！老夫统帅天下剑客，全在一个'信'字，我岂能失信于你？不过你不准把这儿的事说出去。告诉谁我就杀谁！"

"三击掌！你叫人把衣服给我拿来，要不我光屁股从这儿出去，我干得出！"

杨素哈哈大笑，拍手叫丫环送上衣冠，自己带着干女儿们走了。红拂留在最后，她把李靖凝视了许久，忽然指指天，指指地，又指指自己的心，意思是悠悠此心，天知地知。然后羞红了脸，转身跑了。李靖一边穿衣一边想："我又不是哑巴，怎能解得哑语？噢！你是说我上天入地，最后还是免不了躺到你身上来？臭不要脸的！我就是和老母猪睡也不理你呀！"

昨天的事情就是这样，李靖现在坐在家里就是在想逃走的计划。七月的洛阳热得要命，他的草房顶子又薄，屋里热得一塌糊涂，李靖坐在一把三条腿的椅子上扇着一把四面开花的旧蒲扇，一个细节一个细节地盘算。他知道自己深沉有余，急变不足，所以一定要多想几个备用计划，正想到第八个计划第九个步骤，忽然有人打房门。他原本就是惊弓之鸟，这一吓非同小可，"咕咚"一声，连人带椅子摔了个仰巴叉，然后就听门外有人笑，那声音却似一个女人。李靖想：听说太尉府第九名剑客花花和尚是阴阳人，准是他来替杨素送什么书信。待我开了门，骂他个狗血淋头！谁知开门一看，却是卖酒的李二娘家里的女工，那女人肥胖得惊人，在太阳下走了好久，满头流油。她冲着李靖一个万福，然后咧嘴一笑，就如山崩一般。那胖女人说："俺家娘子有封书信给相公。"

李靖心里有气。一个卖酒的女人，还要写信！带个话儿不就得了。打开一看，气歪了鼻子，这是一首歪诗，二十八个字写错八个。什么平仄格律，一概全无。当然，写的全是些思春的调门儿。看了一遍，起了三身鸡皮疙瘩，再看下面有一溜小字儿："至亲至爱心肝肉肉郎君李靖斧正——贱妾李二娘百叩。"他只觉得全身一阵麻，就如中了高压电，他把这纸还给胖女人，说："这顺口溜是你家娘子编的？"

"是呀！足足编了一夜哩。一边想，一边咬笔杆，啃坏了三杆笔。"

李靖禁不住一笑。"好吧，这诗我看过了。告诉你家娘子，编得好，我改不动。"

"这纸背后还有字哪！"

"我知道，无非是请我去，我今儿真是忙，改天一定去。"

"相公，我家娘子新掘出一坛陈酿老酒，请公子去开封！"

李靖动摇起来，不，还是不能去。要在家里想逃命的计划，这比喝酒重要得多，不过他还是问了一声："陈酿是什么概念？"

"埋了十五年。做那酒时我也在。就那一坛酒，用了两斗糯米，两斗粳米，那米一粒粒选过，家制的曲，和饭一半对一半……就算相公有酒量，也吃不了一瓶！"

不要相信，这是鬼话。想骗我上钩！我要是去了，计划想不成，那就要死了，命重要还是酒重要？不过腮帮子发酸，口水直流，这滋味也真是难挨！十年陈酿也是难得，何况十五年！李靖终于下定了一个决心。

"今天确实不得闲。请告诉二娘，把酒再埋起来。不出十天，我准去！"

"我家娘子说了，你要是不去，她一个人把酒全喝了，醉死也不用你管！"

完了完了，这个女人真鬼，专拣怕痛的地方下手！李靖说：

"这是无耻讹诈！！回去告诉她，天一黑我就去。"

胖女人走了以后，李靖看看天还早，又接着想第九号计划。第八号计划接第五个计划第二个步骤，是逃跑途中遭擒后的再脱逃计划。如果失败，就执行第九号：他与红拂共入洞房后的第二天，在行房时忽然大吼一声，咬破舌头，闭气装死。这样杨素当然不信，一定会派人用烧红的铁条烙他的脚心，他就大叫一声跳起来，两眼翻白，直着腿跳，把在场的人吓炸之后，就逃之夭夭。这是第一个步骤，逃出之后，精赤条条，黑更半夜，再怎么办？

李靖觉得嘴里流出水来，再也想不下去了。他脑子乱哄哄，好像有十五个人七嘴八舌地说：酒，好酒。十年陈酿……他气坏了，大喝一声："你们他妈的闭嘴！"

吼完之后，他又觉得无聊，于是悻悻地说："李二娘，你这淫妇！我这回要是死了，全是你用酒勾引的！"可这也无济于事。于是，他翻了翻坛子，找出几根长了毛的咸菜，慢慢地嚼起来。

天快黑时，李靖出门去。走出巷口，就发现身后跟上一个黑袍道人。那个人躲躲闪闪，不让李靖看见他的脸。李靖冷笑一声，不去看他，径直走进市场。

此时日市已散，夜市未兴，市上人不多，所有的小贩全用惊奇的眼光看着李靖，看得他身上直发毛，他想了半天才明白，是自己这一身打扮叫人家看不顺眼。

他平时的穿着，是短衣劲装：内着黑色对襟紧身衣裤，足蹬薄底快靴，身披英雄大氅，披散着头发，胸前戴一枝花。那是标准的洛阳小流氓装束。可那身衣服被杨素没收了。如今他穿着一身白色绸子的儒士大袍，头戴儒者巾，足蹬厚底靴。前者相当于运动衣裤与练功鞋，后者相当于今日的西装革履。小贩们看见这爷们，心里都想：这野兽！今天打扮成这个鬼样子，不知要寻什么开心？

李靖看到别人异样的眼光，心里不禁一动。他想：过几天，我就要和这些人永别了。也可能逃到深山里去，与野兽为伍；也可能死在荒郊野外，秃鹫来啄我的尸首。他们会记住我吗？他走到卖粥汤的刘公的摊上去，对他施了一礼，正要开口，却见刘公不住地点头哈腰，哆嗦着说："爷爷！小老二才开张，没有钱！请过一会儿再来收。"

"老伯，你怎么叫我爷爷？小子前一阵在市上混，实有不得已的苦衷！明天我就要回乡去了，特地来与老伯话别。"

"回乡！好！最好死在路上……不不不！小老二说梦话，爷爷不要见怪！"

李靖长叹一声，离开他的摊子。他想这不过是些委琐的小人，和他们费嘴干什么。我李靖是顶天立地的汉子。我有我的事业，我的聪明，我的志向！怎么也不至于到小摊上去找人同情。他仰天长啸，也就是说，吹响了口哨。他就这么吹着一支雄赳赳的进行曲，走进酒坊街。

酒坊街里华灯初上，所有临街的门户统统打开了。到处都搭上了白布凉棚，棚下摆着摊子，摊前放着供酒客坐的马扎。还有招牌，黑笔在白布上写着斗大的字：

"张记美酒。十年陈酿，货真价实，掺水断子绝孙！"

"刘记美酒。精心勾兑，加有党参、当归、红花等十种珍贵药材，十全大补，活血壮阳，领导洛阳新潮流！"

"孙记美酒。便宜、便宜、便宜、真便宜！好喝、好喝、好喝、真好喝！！先尝后买，备有便民容器……"

"常记美酒。醉死不偿命！"

卖酒的娘子都坐在摊后，一个个搔首弄姿。有的用扇子遮着半边脸，有的伸着脖子，装出十五岁小姑娘天真烂漫的样子来。其实这些人多在二十五岁以上，三十五岁以下，都嫁过人，见识过男性生殖器。她们一见李靖，什么样子也不装了，一个个直着嗓子吼起来。

"小李靖，心肝儿，上这儿来！

"你打扮得好漂亮呀！过来让妹妹我看看！"

"诸位，俺李靖今天与人有约，改天一定光顾！"

"你上哪儿去？李靖，你这杀千刀的，回来呀！！"

"这公狗，准是上李二娘那个淫妇家去了！她今天没摆摊。"

李靖走到李二娘门口，一拍门环门就开了，原来那门是虚掩
的。李靖进去，探头看看巷口，只见那道士做张做势地在买酒。
他把门哐当一声关上，上了三道闩，转过身来，只见楼下的堂屋
里摆着一张大八仙桌，四下点了十几支二斤多重的大红蜡烛。厨
房里刀勺乱响，一阵阵菜香飘进来。只是那酒却不见踪影，也看
不见李二娘。他吼起来："李二娘，俺李靖来也！"只听一阵楼梯
响，李二娘从楼梯上飘飘然走下来。这女人本是全洛阳最漂亮的
小寡妇，可她还心有不甘，一心要与洛阳桥头拉客的野鸡比个高低。
她脸上搽了一指厚的粉，嘴唇涂得滴血一般，眉毛画得如同戏台
上的花脸，下身穿石榴色拖地长裙，上身穿白色轻纱的金扣子长
袖衫，梗着脖子装一个洛神凌波的架式。可是一看李靖就装不住了，
嘴里一连串地叫："小肉肉，小心肝！你是为我打扮的吗？"叫着
叫着，就一头俯冲下来，要投入李靖的怀抱。

李靖见来势凶猛，连忙闪开。李二娘险些撞上对面的墙，转
过头来就要哭，眼泪在眼眶里转了三圈又生憋了回去。她哆声哆

气地说："相公！你不喜欢我？那你为什么还来？"

"谁说不喜欢？我是怕你砸着我，酒在哪里？"

"你——你！要不是搽了粉，我就要哭了！你上这儿来，到底是图酒呢，还是图人？"

"酒、人我都图。卖酒的娘子里，我最喜欢你，酒地道，人也——说不上地道，不过是很漂亮的。"

李二娘想了半天，拿不定主意是哭还是笑，最后她还是笑了。"既然如此，你来亲亲我！"

"这可不成。有人看着呢！"

李二娘回头一看，厨房的门口伸出一颗肥头，那胖女工圆睁双眼就像一个色情狂的老头看人家野合。她大喝一声："胖胖，把眼睛闭上！这回成了吧？"

李二娘也闭上眼睛、偏着头，做出一个等待的架式。李靖这一嘴势在必行。他找来找去，好容易在脖子根上找了个稍薄的地方吻了一下。李二娘大叫一声，浑身酥软，抱着李靖的脖子说：

"小亲亲，上楼去，你看看我的卧室摆设成什么样子了！"

又来了！李靖想，对这么个富强粉的馒头怎么能……？非喝点酒不可，不灌到半醉，恐怕是不成。他说："先喝一点，不然没精神！"

"菜得待一会儿才好。先上楼，我求求你！我等你一下午，心都着了火！"

"现在我怕干不来。你别哭！我告诉你，你一点不会打扮，打扮起来吓死人。你这是打扮吗？简直是刷墙！"

李二娘"哇"一声哭起来。李靖也觉得这话太损。再说，想喝人家的酒，就该说好听的。他今天有点失态，火气太大，都是因为心里惦记着没想完的第十个计划。李二娘哭了一会儿，把脸从腋窝下露出一半来说："你是不是完全不喜欢我了？"

"哪能呢？我喜欢得紧！不过你得把粉洗了去。"

"你别看我！我这袖子透明，遮不住。这都是胖胖的主意，她说什么女为知己者容。我知道了，她是嫉妒咱们俩好，要拆我的台！哼，肥猪也想吃天鹅肉！我去洗脸，顺便揍她一顿！"

李靖坐在桌边，就听见厨房里擀面杖打在胖胖身上的闷响，胖胖嗷嗷地叫。然后又听见哗哗水响。等来等去，等得心里直起毛。李二娘这才出来，她换上了短裙短衫，怀里抱着一个坛子，泥封上挂着绿毛。李靖一看见坛子的式样不是时下的模样，顿时口水直流。他从桌上抢过一把刀子就奔过去，嘴里大叫着："小心！别打了。我来开。泥巴掉进去不是玩的！孩他妈妈，拿大瓷盆来！"

李二娘拿着瓷盆，如痴如醉。"什么时候我就真正成为你的孩子他妈呢？啊，李靖！你是真心吗？你能看得上我吗？"

"真心真心！快把盆给我。怎么看不上？你去了粉，真正美极了！"

"你说得对。我洗脸的第一盆水，就像面汤一样。这么多粉搽在脸上，我也觉得沉呢。胖胖，把凉菜和大碗拿来！快、快、快！"

酒倒出来，满屋的香气。李靖拼命咂鼻子吸了一大口气，大叫："好酒！不枉了叫做十五年的好酒！"

"什么十五年？我出世那一年做的。整整二十四年了。李靖，你我对饮几大碗，今天是不醉不散！"

李二娘一只脚踩上了凳子，手执大海碗，真是雄赳赳，气昂昂。她的酒量在卖酒的娘子里排第一，连李靖也有喝不过的时候。李靖和她连碰了三大碗，把嘴里馋虫压了压，就换成小杯，一点一点品起来。他赞一声：

"好酒呀好酒！真不枉是一斗糯一斗粳做的酒！"

"呸！李靖，你舌头怎么长的？我来告诉你，做这陈酿要用一斗高粱，一斗黍，一斗玉米，一斗糯。又要有上等的豌豆。大麦制的曲，按一半粮一半曲掺和发酵，制醅不用水，完全用酒，起码要发酵三年，才能开榨下坛。这酒有钱也买不来。以前我那死鬼丈夫，一心要挖出来喝，把后墙挖倒了也挖不出。昨天我到后园一挖，就挖了出来。可见那死鬼是无福消受这酒，只有你这心肝肉肉才配喝！"

李靖皱起眉来："说到你丈夫，你该稍微尊敬一点。"

李二娘喝了酒，小性子也上来了。她把脖子一梗喝问道：

"便不尊敬你待怎地？"

"我能怎么样呢？他是你丈夫。"

"那你废什么话。"

"我在想，我死以后，还不知你怎么说。"

"那你不用担心，你死了我活着还有什么意思？我一定自杀。这么喝有什么意思？咱们上楼到床上喝去，一会儿菜好了，叫胖胖送到咱们的床头上去。"

李靖抱着酒跟李二娘上了楼。这卧室果然大变样，新床新帐不说，床头放了一盏仿宫式灯，真是十分的精巧。李二娘跑到屏风后面，李靖把酒坛放在床头小几上，自己坐在床前一张豹皮上。天热，酒力上升，他把身上的长袍脱了，散开内衣襟。忽听一声："你来看！"他一抬头，几乎傻了眼……

胖胖端着一个大托盘，上楼时，楼上却是一团漆黑。只听李靖说：

"嘘！你看楼梯口，那一对眼珠子闪亮，是只猫吧？我扔只鞋把它打跑！"

"别瞎说。那是胖胖！喂，你发什么傻！把菜端上桌来。"

"告娘子，这儿黑，我怕绊着了。"

"李靖，把灯罩掀开。你摸什么？"

"我摸衣服。咱们这么躺着，够肉麻的了，可不能再叫女人看我赤裸的样儿。"

李二娘刷地把灯挑亮，李靖惨叫一声，卧倒在床上。李二娘哈哈大笑。"李靖，你臊什么？她算什么女人？胖胖，自己说。你是什么？"

"相公，我是大肥猪，一身肉！"

"你是女的吗？"

"我不是女的。我是母的！"

"好，胖胖，你很本分，今晚上特许你上楼来睡在我们床边的豹皮上。现在你下楼去，把浴桶拿上来，我要和李相公同槽入浴。"

胖胖下楼去。李二娘把食盒子打开一看，净是些狮子头、香酥鸭之类的东西。她恨恨地说："这个胖猪，真是趣味低下！这么肥腻，怎么吃？小心肝，你凑合吃一点，穿衣服干什么？上哪儿去？怎么也该陪我睡一会儿。"

"不成呀，亲爱的。我忙得很，你也穿上点儿，我有话说。"

"就这么说吧！"

"我还真不知怎么说。我以后有一段时间不能来了！"

李二娘翻身坐起，杏眼圆睁，柳眉倒竖，就等他下句话。

"人家逼我结婚……"

李二娘忙叫起来："你这色鬼！什么狐狸精把你迷住了？我非往她门上抹狗屎不可！"

"我是被迫的，不干不成。"

"啊！你把哪个小娼妇肚子弄大了吧？"

"不不。事态要严重得多。杨素要我做干女婿。这是送命的买卖，我要逃走……"

只有少数人知道杨素的干女婿是怎么回事。李二娘大哭："你搞到太尉家里去了——你这公狗！滚！"

"这么闹，我怎么说哩？"

"老娘不听你放屁！"李二娘跳起来，把屋里的东西一通乱砸。李靖趁乱抢了衣服，又抱起那坛酒，逃到楼下，就着坛子一顿狂饮。这急酒灌下去，只觉得脑袋发了蒙。他放下坛子，听见楼上叮当声小了，就叫："二娘，二娘肯听我说吗？"

"你滚蛋！"

针线盒、首饰箱顺着楼梯往下滚。李靖摇摇头说："这么好的酒，以后再也喝不到了！"

为了补偿别离的痛苦，他把坛子凑到嘴边又灌了一气。然后走出门去。从昨天到现在，他是粒米未沾牙，又灌了两气猛酒，走出小巷以后，脚步就踉跄起来。这李家秘传的陈酿酒，后劲无穷，李靖走到洛阳桥头，再也走不动了，他一头摔倒在明渠边，打起呼噜来。

李靖醒来时，只看见漫天的星斗，偌大的洛阳城，只剩下寥寥几盏灯火——夜深了。他挣扎着走上桥去，只见那个黑袍道人正坐在桥栏杆上。这回看清了他的脸，就是那天在酒楼上帮助打架的那个老道，李靖凑过去说："天黑了，道兄不回观去吗？"

道士瞪着眼看他，就像是个聋子。冷不防李靖打出一个酒嗝，奇臭无比。道士急忙转过身去，李靖晃晃悠悠地走了。那道士看着他的背影，手扶剑鞘，只捏得手指节发白，咬得牙齿咯咯响，他恨不得冲上去，一剑刺入李靖的后心。游侠剑士性如烈火，怎吃得这种羞辱！可是，他不敢杀他。太尉不许可。他只好跟在李靖身后，好像一个跟班。

李靖回到家，走到漆黑一团的小屋子，只觉得这儿隐隐有呼吸之声，喝得太多了，耳朵里轰鸣如雷，什么也听不清。他磕磕绊绊摸到缸边，把脑袋扎入水中。直起身时，一股冰凉的水流顺着脊梁沟往下淌。李靖强忍着没叫出来，屏息再听，桌边果然有一个人在喘气，细而不匀。不用问，准是那个卖酒的少妇来捣乱。

也可能是张四娘。这娘们卖弄风情的惟一手段就是装神弄鬼吓唬人，先后吓死了两个丈夫。李靖想，我要是不怕，她一定不肯甘休，非折腾一宿不可。我可不能和她纠缠。于是他惨叫一声："有鬼！"就奔出门，只听"嘣"的一声和门外一个人碰了头。那个人"哇"的一声叫出声来，一纵跳上对面的房不见了。

李靖也吓了个半死，好半天才想起这是那盯梢的老道。他平平心气，觉得不能这么溜走。那老道跟在屁股后面阴魂不散，所以还是要进屋去。李靖看看天上的星星，心里一阵酸楚：天呀！闪得我有家难回！我还要把第十个计划想好。所以还是要好好地劝这臭娘们走开。他又走进门去，装出一个可怜腔：

"四娘，你吓着我了，你满意了吧？请你回家。改天我一定去你那儿。"

那女人喉咙里咯咯响，好像呛了水。李靖说："你是莉莉？小乖乖，你也学着吓我！不瞒你说，我和李二娘刚疯过。你得让我缓一缓！"

咯咯声更响了，好像母鸡试着打鸣。李靖摸出火石，垫上火绒，一火镰敲去，却正中自己的指头。火石飞出去，先撞了房梁，又撞了后墙。他到窗户上去摸备用火石，那桌边的人却摸出火种，吹出了火焰。这是个道童，一张俏脸，怎么这么面熟呢？不对，还是个女人。她身上有一股香气。再仔细一看，不得了，撞上了要命星，李靖大叫一声，往后便倒。

读者诸公猜到了吧，此人正是红拂。此人在风尘三侠中名列第二，据杜光庭《虬髯客传》所载，红拂姓张。杜氏云及，李靖与红拂初会时，李靖问红拂，"问其姓，曰：'张。'问其伯仲之次，曰：'最长。'观其肌肤仪状言词气语，真天人。"此段文字，皆杜氏之撰。据本人考证，红拂之姓不可考，伯仲之次不可考，就是问她本人也不得明白。红拂年幼之时，家贫不能养，乃舍于尼庵。长到十七岁，尚未受剃度，美发垂肩，光艳照人，不愿意削发为尼，就跑到洛阳市上自卖自身，得钱十余万，都给了抚养她的老尼姑。会李靖那年，红拂十九岁，美若天人，举世无匹。杨素养着干女儿是为了杀人，所以她也有些手段，更兼见识不凡，遂于风尘之中，一眼识出李靖李药师乃盖世之英雄。心想：彼若入杨府，就如肉包子打狗，有进无出。杨老头要我杀了这个汉子，如何下得手？

不如出去和他一起逃了吧！于是跑到李靖家里来等。李靖一见红拂，就骂起来："不是说还有三日之期吗？你怎么现在就来了？"

"郎君休得这等看奴家，奴要救郎出险！郎君如欲逃时，奴便为前驱，拼一死杀条血路给郎君走！郎君不走时，却又快活，在这空鸟草房里还有三日可过。过得这三日，奴便自杀给郎君看！那时你便知奴是真心也！"

"你不要和我打马虎眼。你快滚！回去告诉杨素，别使这美人计手段！"红拂痛哭起来："郎薄幸！奴冒死奔了来，又说奴是美人计，也罢，奴死给你看！"

这娘们解下束腰的丝条条，跳上桌子就要悬梁自尽。李靖看她没有做作的意思，就一把把她拉下来。

"得了得了！算我倒霉。咱俩一块跑就是了。哎呀，带着你，怎么个跑法？你有主意吗？"

"你要我了？太好了，太好了！亲个嘴吧。我有一个绝好的计划，你一定要对我好一点我才说。是这么着。你我上床去，先做一夜夫妻。然后到五更时，城门就开了，天还不亮。我冲出去和盯梢的王老道交手，你就乘机跑掉。那老道在杨府三十六名剑客中排在倒数第一，没什么了不起。我敢接他五十多招，够你走的了。"

"胡扯淡！这是最笨的主意，你长了脑子没有？"

"奴家无脑时，郎君须是有的。郎却说出那锦囊妙计来，奴家洗耳恭听！"

"你这人怎么一会儿人话，一会儿鬼话！现在的形势是，你这一来，把我的头两个计划统统破坏。只能执行第三号计划了。现在太早，上床去歇会儿。"

"奴……奴便乐杀了！！奴与那知情郎携手入罗帐，郎为奴宽衣解带！"

"别胡扯。不是时候，坐着歇一会儿。"

"那便是枕戈待旦了。郎君……怎么说来的？老李，你抱抱我。"两个人坐在床上，只听床嘎嘎地响。李靖忍了一会儿，禁不住骂起来。

"你是不是屁股长毛了？这么悠来悠去！床要叫你搞散了！"

"奴屁股上没长毛。心里倒好像长了毛。郎君再不理奴时，奴便对不起了！"

"嘘！你把我头都弄晕了！你这荡妇，真是我的灾星！我实在无法忍受，要提前行动了。"

李靖从床下拖出一口箱子。打开以后,屋里充满了幽暗的蓝光。红拂好奇地走过去看，只见箱子里有一罐油膏，盖子一揭就冒出半尺长的蓝火苗。冷不防李靖揪住她的头发，抓起油膏就抹了她一脸。

红拂尖叫起来："烫杀奴家也！"

"放狗屁！这东西是凉的！"李靖把红拂的头发揪散，又给她穿上一副长袍，这袍子长得很，多半截拖在地下。红拂咻咻地笑起来。

"郎做什么？"

说话之间，李靖已经把她撮到肩上。他咬牙切齿地说："听你的口气，你好像会点把式？"

"岂止会一点！奴虽无搅海翻天之能，五七条蠢汉却近不得身！郎，到那危难之时，你看本事么！"

"别吹牛！眼前就要用着你的本事。出了门，咱们做一个联合鱼跃前滚翻，然后站起来你就大声叫苦。你要是不行不要逞能，要是出了洋相，咱们就要上阎老五处会齐了！你倒是成不成？"

"奴已把头点得捣蒜也似……"

"废话！我看不见。你开门闸，大声一点！"

外面盯梢的王道人听见巷里有动静，就跑进来看，正遇上李靖的家门开了，里面滚出一个妖怪。那东西满脸蓝火，见风就长到一丈多高，直着腿跳过来。王道士吓得目瞪口呆，忽然妖怪发出一声尖叫："苦！奴家苦！"老道吓得一蹦一丈多高，脑袋碰在屋檐上，当场晕了过去。

这妖精出了巷口就地打个滚，一分两半，红拂和李靖从里面钻出来拔腿就跑。李靖拿着长袍，一边跑一边撕，让红拂拿去擦脸。跑着跑着，红拂站住不跑了。"郎此计虽妙，也有见不到处。"

"什么？"

"此计五更行之则大妙，此时城门未开，吾却投哪里是好呀？"

"笨蛋！往外跑算什么好主意？你跟我来吧！"

洛阳南城有一片地方荒得很。这边的地势利于攻城，战乱的年代人家老想从这里攻进来。城防吃紧时，守城的就扒这边的房子救急，把砖头木料当滚木檑石用，结果这儿就荒了。太平了几十年，这儿荒凉如故，只剩了一大片断壁残垣，荒草有一人多高。李靖早就把这地方记在心里。他带着红拂蹚进荒草，在几十年没人走过的街道上走，遇上了几只下夜班的狐狸。它们见了人就溜走了。再拐进一个院子，从后墙塌倒的缺口处跳过去，就到了一座破庙里。这庙没了半边房顶。摸着黑走进屋子，蹚着地上一大堆草。李靖打个大呵欠说："困了，现在睡觉！"

他倒在草堆上，马上就睡着了，不过总睡不踏实。他背后的草堆上窸窸窣窣，好像在闹耗子。过了一会儿，有一股气息来吹他的脑勺。又过了一会儿，红拂又来亲他的脖子，吧叽吧叽好像在吃糖葫芦。然后一只胳膊就搂上来。

李靖忽然爬起来，跑到外面去撒尿，外面天光大亮，四周正在起雾。他回来时身上裹了好多雾气。李靖瞪起眼，开口就骂："你这贱人！要干什么？"

"我没想干什么呀？我恐怕你在想。我在太尉府受过训练，什么都懂！"

"你这淫妇！这么说你是过来人了？"

"非然也。奴只观摩过几次，是教学示范。郎，休苦了自家。

若要奴时，只管拿了去。奴又不是那不晓事的！"

"呸，才说了几句人话，又变回去了。我要睡觉。"

他滚倒在草堆上就要接着睡，谁知红拂又来做小动作。他气坏了，翻身爬起来大吼一声："你可是要找揍？"

"便打时，也强似不理不睬！"

李靖被整得无可奈何。"红拂，求求你把那古典白话文收了去。我听了直起鸡皮疙瘩！"

"郎休如此说。奴也非乐意咬文嚼字。怎奈见了郎，奴这能言会道，百伶百俐的一张樱桃小口，就如那箭穿雁嘴，钩钓鱼腮，急出鸟来也说不得一句白话，只得找些村话鸟说。奴那一颗七窍玲珑心，见了郎时也变做糊涂油蒙了心也。郎君，可怜见奴是一个女儿家，纵非大家闺秀，也不曾在男人前头抛头露面。终日里只见过一个男人，却是个银样镴枪头，算不得数的。不争却到了郎这般一个大汉面前；郎又虎背熊腰，最是性感不过，奴怎不结巴！怎不发晕！奴这心七上八下，好似在受官刑哩。郎君若是可怜奴家，早早把这清白的女孩身子拿去，奴就好过也，那语言障碍症也多敢是好了。"

李靖皱起眉来："现在提心吊胆，哪有心情？等跑到安全地方再说。"

红拂长叹一声："郎，不是奴说那泄气话，你纵有上天入地的神通也走不脱！奴见多少少年俊杰，入了太尉的眼，却无一个走了的。吾等躺在这鸟草房里，虽是藏得好，也只争一个早晚。郎不闻人算不如天算，天算不如不算？依奴时先落几日快活！似这等日后捉了去，却落一个糟鼻子不吃酒，枉担其名！"

李靖梗梗脖子说："我偏不信这个邪！你要是害怕，就回太尉府去。"

红拂哭了。"郎把奴看做何等样人！嫁鸡随鸡，嫁狗随狗，奴是个有志气的！郎若信不过时，便把奴一刀杀了！"

"好好，你有志气。跑得了跑不了，走着瞧。我在这儿存了一些粮食，可没想到要两个人吃，所以得省着用。早上我去那边园里偷几个萝卜当早饭，你别嫌难吃。"

"郎的萝卜，却有荔枝的滋味！"

李靖摇摇头，就到外边去拔萝卜了。

和李靖闹翻以后，李二娘坐在床上哭得昏天黑地。胖胖上楼来问候，劝她吃了一点茶汤，她又呕了出来。她使劲掐自己的肉，把腿上、肚子上掐得伤斑点点。以前李靖不上她这儿来，她就这么整治自己。等他来了以后，让他看看这些伤，吓他一跳。正在掐得上劲，忽然想到李靖再也不会来了，就倒在床上昏了过去。胖胖给她掐人中，拔火罐，足足整了半宿。到天快亮时，李二娘终于睡了。胖女人打了一连串的哈欠，忽然想到这一天都没菜吃。她就去南城收拾园子，走时连门都没关。

李二娘只睡了一会儿就醒过来，她觉得自己脑子变得特别清楚，精神变得特别振作，性格变得特别坚强。她爬起来披上一件短衣对镜梳妆。看来看去，发现自己还是应该抹一点儿粉，因为平时喝酒太多，她脸色有点发黄。然后描眉，用少量胭脂。弄完了再一看，觉得自己蛮不错，就凭这个小模样也值得活下去。

李靖走了，她心里猫抓过一样难受。不过她没法怨恨李靖。人往高处走，水往低处流。卖酒的小寡妇和太尉的千金怎么比？李靖娶了太尉的千金，日后飞黄腾达不成问题，若是娶了她，日后搬到酒坊来，天天纵欲喝酒，不出二年就要得肝硬变，腹水倒像怀了六个月身子。所以她不抱怨他，好吧李靖，祝你幸福！

然后再想想自己。走了李靖，她要从别处捞回来，她要做一个人人羡慕的女人。

眼前就有一个榜样。洛阳北城有一个大院子，富丽堂皇，与皇宫比，只差在没用琉璃瓦。门前一边一个大牌坊，左边题"今世漂母""万世师表"，右边题"女中丈夫""不让须眉"。中央是并肩的两座门，左边大门楼上好像在办书法展览，挂了有二十多块匾，题匾的都是二品以上大员。这里是主人钱氏所居。右边没有门楼，是个灰砖砌的大月亮门，门上镶斗大的三个字"劝学馆"，这儿是主人钱氏所办。走进这劝学馆的前庭，里面石壁上刻着一篇记，作者是一名三品级的高级干部。据作者说钱氏少年丧夫无子，守节二十余年。惨淡经营先夫之产业，平买平卖，童叟无欺，终成巨富。然而钱氏家藏万贯，却粗衣淡食，资助学子，修此劝学馆,供天下贫苦士人入内读书——二十年来成就数百人,功德无量。作者感钱氏之高风亮节,于劝学馆重修之时,成此记以志其事云云。其实事实却大有出入。这钱氏却不姓钱,也不曾少年丧夫,她不折不扣是个婊子。

她是婊子也好,节妇也罢,总之是个奇女子。李二娘想,我哪一点也不比她差。我也应该成为一个人人羡慕的女人——我缺的就是这么一点儿狠劲儿。李靖走了,我正好狠起来。不出十年,我也要和这钱寡妇一样的发达!

这钱寡妇的身世与李二娘当前的处境也有一点像。二十五年前,钱寡妇是一名雏妓,从山西到洛阳华清楼客串,花名叫玉芙蓉。玉芙蓉那时生得一表人材。在上党一带颇有艳名。老鸨带着她到洛阳来,打算赚大钱。怎知这京都地面,光凭脸子漂亮、床上功夫高超硬是不成。玉芙蓉讲一口侉得不能再侉的山西话,加之五音不全,唱起小调来听得人一身一身起鸡皮疙瘩。在洛阳半年,一点也红不起来,全仗着几个山西客人捧场。她又恋上一个姓钱的小白脸儿,把别的客人统统冷落了不算,自己还倒贴,把金首饰换成了镀金的铜棍儿。老鸨发觉把她吊起来打,她还嘴硬到底。末了儿姓钱的家里发现自己的子弟不读书天天嫖妓,把他也狠揍一顿关起来。这姓钱的偷跑出来,和玉芙蓉会最后一面,两个人抱头痛哭。玉芙蓉提议,两人一起逃跑,姓钱的又不同意。又提议两人一起上吊,姓钱的又不同意。原来他要和玉芙蓉分手,那玉芙蓉只得让他走了，自己一个人继续哭。正哭到准备抹脖子的节骨眼儿上，冷不丁来了一个人，是同班中最红的姐妹。她嫌玉芙蓉哭天抢地打搅了自己睡觉，就来把她挖苦一顿，指出以下三点。第一，山药蛋（这就是她们给玉芙蓉起的诨名）与她那妍头均属切糕的棍儿，扔掉的货。第二，如果她是要上吊，就请从速，不要半夜三更鬼哭狼嚎，不讲社会公德。第三，如果不上吊，也请她及早回山西。像她这路土货也到洛阳来卖，就叫做不知寒碜。

听了这位红极一时的名妓谈的三点意见，玉芙蓉当下摔夜壶，打马桶，发下誓言，说是不出十年，要你这婊子不及我山药蛋脚下的泥。第二天她就和老鸨搬出去另赁房子住，打发人满城贴招贴，上书："山西山药蛋来洛持壶卖笑，不讲虚套，直来直去；昼夜服务，随叫随到；经济实惠，十八般武艺无条件奉献；童叟无欺，百分之一百无保留表演。夜资白银五钱，特殊服务另议，小费随意。熟客另有百分之五十特价优待。"这一贴她的营业额就直线上升，门前排队，一天只睡三个小时。不出三年，攒了钱赎了身，转向经营酱坊。三五年之内全城的酱坊都成了她的联号，并且打入丝绸、药材各业，发了个不能再发。这时去打听那位钱郎，才知道此人中了秀才之后就得了肺结核死掉了。这山药蛋却是不同凡响，穿了孝去拜见钱家的家长，自愿出三千两白银为嫁妆，嫁给姓钱的死人，为他守一世的节。那时钱家正穷得喝粥，听说有此美事，感激得哭都哭不出，社会上也传为美谈。殊不知那山药蛋已经养了十几个小白脸儿，守的什么屁节？三千两白银买个社会地位，成了士人的遗孀，地痞流氓不敢上门啰嗦。真是便宜得很。而后这女人就拿出大把的银钱资助士人读书，遇上出身高贵、家境寒微的士族子弟，她还肯出几万两白银为他们活动官职。惟一的条件是谁要得她的资助，就要拜她为干姐姐。到现在那钱寡妇年过四旬，由于保养得好，还如二十许人。她天天用驴奶洗澡，早上起来慢跑三千米，练太极气功八段锦，严格控制饮食，所以比那二十五年前叫做山药蛋时又漂亮了许多。她门下有干弟弟三百，劝学馆中鸿学巨儒无数。每年出一篇理论文章，或考证周公之礼，或评点诸子之非，阐发儒学，废黜百家。每一发表，士林竞相传抄，登时洛阳纸贵。又有那《劝学馆文摘》，每年三辑，《劝学馆诗抄》，每年五辑，端的是字字珠玑，万口传诵。那些饱学之士除著文立说，还常常开庭讲学，时不常的还要祭孔、祭孟，端的是热闹非常，钱寡妇包下全体费用，只换得那些人开讲之前说上一句：小子今日在此升座开讲，光大孔孟，荣耀斯文，全仗钱氏贤淑主妇之资助——这就够了。

　　钱氏在关内关外有沃野千顷，园林会馆百余处。普天之下，大小商埠市镇，全有钱记商号。她又有钱又有势——那些干弟弟个个权重一时。钱氏又有商船千艘，浮行于海洋之上；商队骆驼几千峰，行走于大漠之中。东到扶桑，西至英伦，南到爪哇，北至罗刹，到处开有分号。开着那么大的跨国公司，她倒没忘本，至今还在做那皮肉生意。在朝官员三品以上，或文有诗名，武有侠名之士，甚至绿林大盗，只要年不过六旬，身体健康无口臭狐臭等，都够得上嫖她的资格，不过要提前半年预约登记，她就靠这一手拉关系。

想起这钱寡妇，李二娘暗暗叫道："山药蛋！老娘比你差在哪里？你不过是靠身子做本钱起家，老娘却有祖传的造酒绝技。酒色财气，我比你还占一字之先。李二娘至今没发达，非不能也，是未发奋耳！老娘今天也发一个誓，不出十年，我上你门去，要你倒趿着鞋奔出来迎我！"

定下这宏伟目标，李二娘又开始考虑眼前的步骤。这第一步就是要操旧业造酒。说也稀奇，这条酒坊街原来开有十几家酒坊，现在没有一家还在造酒。像李二娘这样的，卖的是祖上的存酒，还搭着卖些村酒，别人就更加不如。全靠买进村酿劣酒，加入香料调味，然后就当老酒卖。其实这条街尽头有一眼甜水井，水质最宜酿酒，地下土质又好，简直是酿酒的宝地。这些酒坊关门，只有一个原因：这儿的风水有一点问题，男人到了这儿就活不长，不仅如此，连男孩都长不成个。阴阳先生说，这片地方阴盛阳衰，故此男人活不长。不过更可能是男人喝酒容易上瘾，酗酒过度伤及肝脏。男人都死绝之后，酒坊就到外边去请工。谁知洛阳又来了一位再道学不过的地方官，禁止寡妇雇男工，说是有伤风化。这一来酒坊只好关张，因为有好多重活女人干不来。这一重障碍对李二娘不存在，简直就是活该她发财。她有一张顶硬的王牌，就是那女工胖胖。

胖胖这人简直是一头大象，体重三百余斤，有四条壮汉的食量，十条壮汉的力量。要是不造酒，留她在家里实在不值。李二娘原先雇她就是要造酒，后来迷上了李靖，把这事搁下了。这女人还有一个好处，就是忠心耿耿，对李二娘无限热爱，无限崇拜。惟一的毛病就是有时发呆，嘴里喃喃自语，不知在说些什么。这个毛病也好治，只要抄起擀面杖在她后背一顿乱擂，她马上就容光焕发地奔去干活！

李二娘正在盘算，就听楼下一声巨响，有人推门而入。这是胖胖。听那声响，她出去时就没关门。那胖女人猛冲上楼，把整个小楼都带得摇摇晃晃。只见她披头散发，浑身是泥，嘴里大叫道："娘子！怪事一桩！"李二娘一看自己的依靠力量竟是这么一个样子，不禁大怒，她杏眼环睁，柳眉倒竖，大喝一声道：

"胖猪！你跑到哪儿去了？"

"报告娘子，我去收拾菜园！"

"收拾菜园有什么要紧？我正有大事要办。我们要收拾酒坊，开业造酒。"

那胖胖一听，立刻欢呼雀跃："太好了，太好了！娘子，咱们早该如此！"

这一跳不要紧，几乎把楼跺塌。李二娘大喝一声："不准跳！

我已经筹划了，我们不仅要造酒，还要大发展。要发财致富，就要纪律严明。我对你要严格要求，赏罚分明。你这贱人，今天一早就有三大过犯，还不跪下领罚？"

胖胖跪下来，笑嘻嘻地说："娘子且说胖胖的过犯……"

"第一，你这贱人早上出去没关门！第二，在楼上又蹦又跳，险些把楼踩塌。第三，你这一身泥巴是怎么弄的？多半是和那卖柴的阿三在阴沟里快活，败坏了我的门风！"

说到门风，胖胖禁不住嗤笑一声。李二娘红了红脸说："我们今后要造酒，一定要讲究工艺卫生！你自己说，这本账怎么了结？"

"任凭娘子打多少。"

"姑念你是初犯，打三十下手心。你下去把板子拿上来！"

"报告娘子，不能打手，打肿了不能干活。打屁股吧！"

"这胖猪！还有点忠心。也罢，减你十下。去把大号擀面杖拿上来！"

"娘子！咱们不是要干大事业吗？要干大事就不能心慈手软。别说我是一个女工，就是您的亲爹亲娘，犯了事了也得下狠手揍，这样才能纪律严明，无往不胜。就像我，不关门，晃动楼房，不讲卫生，哪一样不该打三十五十的？你只打三十，还减去十下，这样准把我惯坏。"

"闭嘴！还用你教训我？就依你，打三十。去拿擀面杖！"

那胖女人拿了擀面杖上楼，一面走一面又喃喃自语，到了楼上把面棍递给李二娘，自己就站在那儿发呆。李二娘大喝一声："愣着干什么？脱衣服！你做一身衣服要两丈多宽幅布，打破了谁做得起？"

"哎，哎，我刚才要说什么来着？"

"少废话！脱！"

胖胖就脱上衣，还是一副魂不守舍的样子。李二娘气坏了。"你干什么？脱裙子就可以了！亮出一身膘，恶心我呀？"

胖胖却似没听见，心不在焉地把全身衣服都脱了。乖乖，真是一座肉山！忽然大叫一声："哇！想起来了。娘子，我去收拾园子，你猜我碰上谁了？"

"你碰上鬼了。趴下！你敢犯上作乱吗？"

"不敢不敢。娘子，你别吵！你这一插嘴，我脑子都乱了，我回来时，街上的人议论纷纷，大家都在说李靖怎么怎么样。"

不提李靖犹可，一提这个名字，李二娘就似刀剜心一般难受。她怪叫一声扑过去，扭住胖胖的耳朵把她揪倒在地，用晾衣绳把她四马攒蹄捆了起来。胖胖一见李二娘动了真怒，吓得魂不附体，像杀猪一样尖叫起来。李二娘找了两只袜子塞到嘴里，拎着耳朵把她翻过身来，双手齐下，在那身肥肉上一通乱拧，直拧到自家虎口酸痛，还有余怒未消。于是又把胖胖翻过去，抢起擀面杖没点儿地乱打，直打到手都举不起来，气也喘不过来，这才放下棍子坐下喘气。喘了一会儿，她的火气消了一些，心里又明白了。

她猛然想到这么凶殴胖胖实在是没脸。被李靖甩了就不准人在家里提他的名字，这就叫掩耳盗铃。再说，就算胖胖有四指肥膘，也经不起这么打，更何况这世界上只有胖胖真正爱她，为什么要打人家？这是欺软怕硬，拿人家当出气筒。她连忙扑过去把袜子从胖胖嘴里掏出来，搂住那颗肥头痛哭起来。

"胖胖，我是坏女人，我打疼你了吗？我给你揉揉。"

这一揉不要紧，胖胖就哼起来，好像大象打呼噜一般。她乐不可支地流了眼泪。可是李二娘还以为她心中余怒未消。再看她这一身肥肉，自脖子以下，乳房、肚子、大腿到处是青紫色的斑伤，就如一身迷彩伪装服。李二娘干嚎一声：

"胖胖，我刚才发了神经病，你可不要记恨！要过意不去待会儿你打我一顿，不过千万别打我脸。"

那胖胖说："娘子哪里话！胖胖这一身肉，随娘子打，你不打我一定会学坏，不过你先松开我，我要撒尿！"

李二娘松开她，胖胖就拿了衣服下楼了。过了一会儿她在厨房里大叫："娘子，中午吃什么？"

"随你便吧。不，你歇着。我一会儿就来弄！"

李二娘想下楼去做饭，可是双臂直抽筋，实在是做不动。看到胖胖如此忠心耿耿，李二娘又羞又气，恨不得给自己两个耳光。她却没看见，胖胖在厨房里又唱又跳，自言自语地唠叨着："打出世到如今，胖胖今日快活！真真快活杀了！过几天还得想法挨这么一顿。对了，还是忘了一件事！"

她又冲上楼去，向李二娘报告说："娘子，今早上听说李靖逃跑了，还拐走了杨府一个侍妾，叫什么红佛爷，也不知是男是女！"

李二娘沉下脸来。"这公狗！当真干得出！"

"现在城门上都加了岗，入城不禁，出城的严加检查。"

"这是瞎耽误工夫。那小子精得厉害，这会儿早出城了。"

"胖胖也是如此想，其实不对，刚才我去收拾菜园，碰上他了。这厮躲在城南破庙里。还有一件事，好叫娘子知道了欢喜，这家伙没饭吃，跑到咱们园子偷萝卜。不出十天，准把他饿得人不人鬼不鬼。娘子，多解气呀！"

李二娘沉思起来，过了好半天才说："胖胖，去买一条大鲤鱼，二斤精牛肉，再上洛阳楼买二斤银丝卷儿。一会儿我来收拾。"

"娘子，你要给他送饭？咱们和他掰了，以后各走各的路，他要吃什么，该由那红佛爷管！"

李二娘长叹一声。"胖胖，咱们女人爱过一个人，怎么忍心看他挨饿呢？掰是掰了，这最后一顿饭我还是要管，尽了这份心，我就随他死去。这个红佛爷也不知是什么东西，搞上了男人叫他挨饿，算什么女人？胖胖，你帮我跑一趟，算我求你，成不成？"

天黑以前，李二娘去给李靖送饭。她一点也不知道自己背后跟上了一个道人，只顾往前走。走进那个破庙，屋里却是没人，不过柴草堆上有两个人睡过的痕迹。她扯开嗓子就叫：

"李靖！小兔崽子，你躲哪儿去了！"

有人在她身后说："我没躲呀！"她回头一看，李靖正从门后走出来。她失口叫："你这公狗，倒藏得好！"身子不由自主就往前一栽。

李靖急忙张手来接，谁知李二娘又站住了脚跟，把李靖的手"啪"一把打开说："贱种！你放尊重一点！我和你掰了，不准你搂我！动手动脚就是调戏妇女！"

李靖把手缩回去，微笑着说："不搂就不搂，鸡多不下蛋，女人多了瞎捣乱。我可不是贪多嚼不烂的人。你怎么找了来？"

"早上胖胖来收拾园子，看见你了！"

"这胖猪这么大的目标，我怎么没看见？"

"谁是胖猪？你小子嘴干净点儿！胖胖是我的姐们儿。她蹲在草窠里方便，你正好来了。"李靖说："呀！我早上闻见味儿了！可真是，我命里要死在女人手上。你来干什么？"

李二娘不知是该哭好还是该笑好。"咯咯"了半天，眼圈儿红了，可嘴上却笑着说："你小子倒会充硬汉！饿得偷我们的萝卜，还装得若无其事。我知道你肚量大，一顿不吃就受不了，不忍心，给你送饭来了。"

李靖早就瞄上那个食盒，得了这句话，就如饿虎扑食，扑上去揭开盖儿就吃。李二娘看他这个吃相，心里很快活。及至想起他已经投入别的女人的怀抱，脸又蓦地一沉："小子，我就送这一回饭，以后咱们各走各路，十年以后见！老娘我要务些正业，造酒发财。十年之内，咱就赶不上钱寡妇，也要和她差不多！男人也和鸭子一样，喂着不走赶着走。等我发了，也养上一大群面首。咱可不是皮肉发贱，就是要气气你。你有本事和我打个赌，看十年以后是你妻妾多，还是我面首多！"

"我不和你赌。发财真是个好主意！我看你有财运，一定发得了。我怎么和你比？咱这是逃命钻山沟。十年之后你发了，养面首可别忘了我。我这一眼青一眼红也是个稀罕，除了热带鱼，世间再没有我这样的动物了。"

李二娘笑了一阵，忽而又长叹一声，"你以为我不肯和你去钻山沟？只要你要我，我都肯和你一起下油锅！哪个女人不是把爱情放在第一位！有了心爱的人，弄不上手，去弄钱不过是寻开心罢了！你那新人怎么不来？不吃我酒食，是不食周粟，还是怕我下毒？"

"你甭理她，不吃就是不饿！"

正说着，红拂从梁上跳下来。李二娘一见她两眼冒火，掏出镜子就要和她比个高低。她东瞄西看，口中念念叨叨：

"个儿比我高了两寸，脸比我白一点。眼睛大一点，腰细了一寸，这都没什么了不起，只是她这头发！喂，你这头发是假的吧？"

"好教姐姐得知，奴这头发是天生的，并不曾染过。还有一桩，奴入杨府时，有十几个老虔婆在奴身上打了格子，数着格儿要寻疤痕。休说是芝麻大的疤，连一个大的毛孔也未寻得。有一个婆子发了昏，说是寻到一个，却是奴的肚脐眼也！"

"真个是美到家了的小骚货。和你一比，我成了烧糊的卷子啦！"

"姐姐将天比地，奴便是烧焦的卷子！"

"行了行了！别说这些没味儿的客套话。我要是男人，见了你也要死追到底。输在你手里，倒也服气。一起喝两杯？"

这两个女人就入席喝起来。红拂要卖弄她是个明道理的女人，处处假装谦逊，又敬李二娘的酒，扯起来没完，眼看天就黑了。李靖觉得不妙：他知道王老道一定等在外边。按江湖上规矩，剑客杀人不伤无辜，所以老道在等李二娘走，自己这边留住李二娘不走，倒像是要无赖。他给红拂递个眼色，然后说："二娘，天黑了，路上不好走，你先回去，明天再来！"

李二娘虽然千杯不醉，奈何是酒不醉人人自醉，她结巴着说："我知道你们要干什么！当着我的面，乱递眼色，当俺是个瞎子？我走我走，不碍你们的事！"

红拂说："姐姐休走！不争这片刻，终席了去。"

李靖咳嗽一声，又冲红拂乱翻白眼，红拂只做不知，说是要借花献佛敬李二娘一杯，然后就是二龙出水，三星高照，一杯一杯喝个没完。正在喝酒扯淡，忽听门外王老道一声唤："哪里来的狗男女们！好好出来受死，休得连累了无辜的李二娘！"

李靖一脚把食盒踹翻，大骂红拂："你这臭娘们，扯个没完！要拖人家下水吗？"

红拂呆了一呆说："奴不知老道跟来也。二娘快走，待奴与李郎迎敌！"

李二娘吓得酒都醒了。她说："我不走，死也死在一块儿。"

李靖又来软求她："二娘，这儿没你的事，我们也没什么大事，大不了上杨府走一遭。你跟着去算哪一出？闹个大红脸就不好了。走吧走吧！"

李二娘却发起倔来："我不去！他说要杀你呢。走了也是悬着心。你虽不要我，我的心却在你身上。你要死了，我干吗要活？"

李靖没了奈何，就把气出在红拂身上。"你这臭娘们，全是你弄出的事儿，还不来帮着劝劝？"

红拂吃了醋，脖子一梗说："这鸟老道是跟二娘来的，朝奴撒火待怎地？这盆屎尿却往奴家身上倾！砖儿何厚，瓦儿何薄！奴又不曾烧糊了洗脸水！这天大的祸事，却须是从她身上起！也罢，奴便来劝二娘快走，休在这里碍手碍脚！你自己将李郎牵累得够了呀！不走还怎么着？"

李二娘听了大叫一声，拔出一把小刀子就抹了脖子。李靖急忙来救，已经迟了。这一刀割在大动脉上，捂也捂不住，堵也堵不死，喷了李靖一身血。墙上、屋顶上到处都是。转眼之间李二娘只剩了一口气，她挣扎着说："李郎保重，这一条命，总能赎回我的过失。过去的恩怨一笔勾销，临死一句话，我是爱你的，红妹，我把他交给你，你要爱护他！"

红拂哭叫道："二娘，原谅我！"

"我原谅……"说完她两眼翻白，双腿一蹬，就过去了。李靖连呼："二娘，你一直是爱我的！"刚把她放下，回头看见红拂，气得对了眼，伸手就是一个大嘴巴。

"臭娘们！就不会把那臭嘴闭上会儿！非要闹出人命才算完吗？"

红拂趴在地上，哭天嚎地："奴家错了也！奴家只顾吃醋，怎知闯下这等大祸事来！二娘，你死得苦！全是奴害的！"

李靖又急又气，几乎把眼珠子瞪出来，不过这个人就是这点厉害，转眼之间就抑制了情绪。他脸上除了嘴角有点抽搐，什么也看不出来。从李二娘身上取下那面镜子，他咬着牙说：

"这是她心爱的东西，我留下做个纪念。红拂，站起来。大敌当前，不是哭的时候。这事不全怪你，是我料事不周，我不该打你。"

"奴家做坏了事，郎如何打不得！郎却去拣大棍，在奴腿上敲上几十，只是脸却打不得。打歪了鼻子，不好看相！"

老道在外面又喊："狗男女们！哭够了快快出来受死，休做那不当人子的丑态！"

红拂娇叱一声，从身边抽出两把匕首，飞身出去，就和老道恶战。她把所有不要命的招数全使出来，朝老道一个劲地猛扑。

嘴里喝五吆六，叫李靖快走。老道手使一把长剑，舞得风雨不透，拦住了红拂的攻势；却也不还击，只是不时朝庙门顾盼。斗了五十几招，还不见李靖出来。他大叫一声："中计了！"撇下红拂，从房上一纵三丈跳到地下，窜到庙里一看，里面只有李二娘的尸首，后墙上却有一个大洞。这一惊非同小可，老道急忙从洞里钻出去，跳上后面的废屋，看见李靖背着个大包袱，刚爬上远处一个墙头。老道几个起落就追上去，大喝一声："李靖，哪里走！"全身跃在空中，口衔着那口剑，双手成爪，就像鹰抓鸡一般朝李靖双肩抓去。却见那李靖，站在墙头摇摇晃晃好像要掉下去，及至老道抓到时，他大袖子一晃，就把老道打下墙去，自己也站稳了。红拂这当儿正好气喘吁吁地追到，一看那老道血流满面，那面李二娘的青铜古镜正嵌在他额头上，眼见得活不了了。红拂惊叹道：

"李郎原来是高手，奴却看走了眼也！"

"别扯淡。咱这两下子，打你都打不过。老道中了我诱敌之计，这叫活该。咱们赶紧逃走。你刚才嚷得全城都听见了，好在老道没带帮手。"

"郎，那二娘的尸首哩？终不成郎有了奴这新交，便不恋旧好了不成？"

李靖长叹一声："人死了，什么都没了。守着尸首有什么用？等会儿她家的女工会来的。我们快走，迟了就走不脱了！"

李靖带着红拂越城逃走，一路向北，到天明时逃到山里，稍稍休息之后，李靖就带着红拂爬山。他说此时杨素肯定已经派出大批人马沿一切道路追赶，所以不能走路，只能拣没人处走。这一路钻荆棘、攀绝壁，哪儿难走走哪儿，直走得红拂上气不接下气，腿软腰麻，李靖还嫌走得慢。中午在山上打尖，吃了点东西，红拂就犯上了迷糊。天又热，再加上两夜没怎么睡，她已经支撑不住。朦胧之中，只觉得一会儿李靖拽着她往上爬，一会儿是手搭在李靖肩上往下走，就如梦游一般。一直走到夜气森森，满天星出，她的困劲过去一点儿。可是就觉得头晕得很，路也走不直，浑身的筋就如被抽了去。迷迷糊糊走到一个地方，隐约听见李靖说可以歇歇，她就一头栽在一堆草上。

第二天红拂醒来时，只觉得有无数蚂蚁在她的身上乱爬。四肢犹如软面条，根本撑不起来。李靖熬了粥叫她喝，她却起不来，李靖就来灌了她一气，像灌牛一样。吃过饭，李靖说要起程，红拂说：

"郎若疼奴时，便拿刀来把奴杀了吧，奴便死也走不得了！你兀的不是得了失心疯？这般鸟急，又拣不是路的去处走！"

"咱们这不是逃命吗？小心肝，起来走，这山路空手走也费劲，我可不能背你！"

"郎这般称呼奴，奴便好欢喜。只是奴真真走不得！这鸟腿只像不是奴的，你便砍了去，也不疼也！"

李靖就骂："这娘们！真是没成色。这也难怪，已经走了三百多里山路，我到下面买条驴去，咱们走小路吧。反正这一带是穷

103

山僻壤，估计他们寻不到这儿。"

李靖买了驴回来，红拂已经睡死过去。他把她架起来，换下已经扯成条了的外衣，只见她内衣后腰上拴了个小包。李靖把它扯下来，正要扔到山沟里，红拂却醒过来，死死揪住不放。

"郎，这便使不得！这是要紧的东西！"

"什么了不起的东西？我摸着像衣服，你又活过来了？这儿有一套衣服，自己穿上！"

红拂挣扎着穿上那套衣服，就像一个村姑。因为她满脸是土，头发也脏得好似一团毡。李靖把她拥上驴去，她就像一口麻袋搭在驴背上。两个人顺着小路石山，在山谷里走。

虽然是七月酷暑，山里却不太热。山谷里处处是林荫，又有潺潺流水，鸟语花香。小毛驴走起路也是不紧不慢。走了一上午，红拂又缓过劲来。中午在村店里打尖，没有肉食，只是谷子面窝头和小米粥，她也吃了不少。出了店，见村里有人打杏，又去买了两大把揣在怀里。这下午，她骑在驴背上，又是说又是笑。

"郎，这等走路却好耍。便走到天尽头处，奴也不怕！哇！奴的脖子上好痒！这是什么鸟物，生了腿会爬！"

"什么了不起的，原来是两个虱子。昨晚上睡那两个草堆，多半是放羊的歇脚的地方，虱子就从那儿爬到你身上。你没见过虱子？"

"哇哇！奴怎能长虱子！这等腌臜的东西，真真恶心杀人！郎，晚上住店时，奴须是要好生洗浴。"

"恐怕没那么美。你看前面，出山了。这个镇子叫河北镇，是五总路口，有七八千居民。杨素要不派人到这儿把守倒也新鲜。咱们只好弃驴上山，绕东边的摩天岭，入青石峪。这一路又是荒山野岭，比昨天的路还难走。苦过这一段，出了七百里，杨素就管不着了。咱们进娘子关，上太原去。到了那儿再好好休息。"

红拂一看东边的山，一座高似一座，座座刀削一样陡。她一看就腿软。再听说又要在山沟里过夜，真是死也不肯。她想来想去，想出个好主意：

"郎，吾等天黑后好生化装，入那鸟镇歇息一宿，好么？怎生也好让奴洗一番，除掉这虱子。它真是在吸奴的血哩！想想头发也竖将起来！"

李靖想想说："不成！还是绕山，不瞒你说，俺这两日没酒没肉吃，口也淡得清水长流。不过要活命就不能怕苦，咱们还是爬山！"

"郎！奴不怕死，这苦却挨不得！这等一个鸟镇，杨素会派多少人来？便来时，也只是末流的角色。我夫妇一发向前，便打发了。休得鸟怕！绕山时，又须多走几百里。"

"你他妈的说得也有道理。不瞒你说，这杨府的剑客我统统不怕，只有两个顶尖的人物，我不是对手。我爬山越岭，就是躲这两个人。"

"郎怕时，奴却不怕！"

"你别吹牛，你那两下子我全看见了，那叫水里的蝎子，不怎么着（蜇）！"

红拂想：这人，真是胆小鬼！只有两个对头，就怕得往山里爬！我跟他扯破嘴也无用，索性骗他一骗。她就说：

"郎！奴还有本事哩！奴在那杨府学了些狐媚之术，若是使得出来，休说是甚么鸟剑客，便是那有道的高僧，并那坐怀不乱的柳下惠也当不得！连那天阉的男人见了时，也登时迷倒，非一个时辰不得醒转。我二人只索性入镇去，吃他娘，喝他娘，入帐睡他娘。过得这一晚，奴便不是女儿身，只是郎君的鸟婆娘，这本事就好使出来。不然呵，一则恐郎君吃醋，二则奴羞羞答答地，三则奴这黄花闺女使媚术迷人，须坏了名声，不好做人也！"

李靖听了半信不信："红拂，你别吹牛！这是玩命的事儿。你要没把握，到时候收拾不下来，后悔也来不及！"

"奴的不是性命？俺们只管下山去！"

"慢着！我还不敢全信你的。咱们好好化装，傍黑时进镇。最好是偷渡，你这媚术我没见过，能不用最好还是别用。"

李靖和红拂在黄昏时进镇，找一间不大不小的客栈住下。开了房间后，叫一桌酒到房里去吃，两人海餐一阵。吃饱了饭，李靖说：

"看来我是太小心。这河北镇原来这么大。大大小小几十处客栈，又没寨墙，四面八方全是路，这来来往往的商客又多，就算有几个杨素的人也把不住，不过咱们还是要小心。明天天不亮，就钻高粱地出去，进了山就好了！"

红拂暗笑李靖胆小，她说："郎，去问小二讨那浴桶与浴汤来。奴先侍候郎洗浴了，奴便洗浴。"

李靖洗完了澡，坐在椅子上乘凉。红拂说：

"烦郎君门外稍候，奴要洗澡。"

"嘿，让我出去干什么？你害羞？"

"奴却不害羞也。只是奴的身子却鸟脏，不便被郎这等看去，却留下不好的印象。待奴洗净了，郎来看么！"

"呸！我告诉你，别老鸟鸟的，不好听！"

"郎却休鸟担心。奴在江湖上行走，做些豪语。日后居家度日时，自然不说这等鸟语言。郎却快走，奴身上痒杀了！"

李靖就到柜上去，藏在阴影里和掌柜聊天，眼睛看着半明半暗的街上。等了一会儿，看见一条汉子走过，脑袋像拨浪鼓一样晃来晃去。这多半就是杨府的人了。李靖暗笑道："嘿，这么傻找，永远也找不到。这么多客栈，这么多客，你横是不能一间间踹开门看。要找柜上打听一个两只眼不是一样颜色的大个，你也打听不到。老子进来时溜着墙根，一直藏在黑影里，谁也没看清我脸。哈哈！"

他在黑暗中一直坐到掌灯以后，喧闹的街上安静下来。掌柜的回家了，换上一个没见过的店小二站柜台。一直没有人来打听。李靖放了心。他不和店小二搭话，自己踮着脚尖顺着黑影走回去。一进了自己的房间，立刻，气也喘不过来了。

原来红拂躺在凉榻上，身穿一件雪白的缎子睡袍。这袍子不知是什么料子，一个褶也没有，穿在身上十分的贴体，简直就分不清哪儿是皮肤，哪儿是衣料。红拂那一缕长发，就如九曲黄河在身上蜿蜿蜒蜒，如漆一般黑亮，又如丝一样软。她脸上挂着梦一样的微笑，眼睛特别亮，嘴唇特别红。身上发出一股香气，真正是勾魂的味儿。红拂见李靖进来，懒懒地一笑。

"李郎，你关上门。"

小子著书至此，遇到重大困难。李靖与红拂在河北一夜之事，各本所载不一。如杜光庭氏《虬髯客传》，有如下文字："行次灵石旅舍（灵石，河北镇别称也），张氏以长发委地，立梳床前。"甚简，它本或云"以下删去百余字"或事近淫秽不可闻者。隋人唐六德所著《游江》一种，雅而不谑，乐而不淫，故采用之。唐云："某年七七之夕，余游河北，宿馆驿。夜闻男欢女爱之声，不绝如潮。后三十年始知，李卫公偕红拂氏，是夕宿于是馆，遂追记之。"

又据李卫公《平生纪略》云："是年七七，余携内子北奔入晋，暮宿河北镇，合好之时，内子发声如雷，摇动屋宇，余恐为追者所闻，不待平明而遁。"

不管出了什么事吧，反正那一夜，他们在河北镇弄出了响动，露了行藏,只得落荒逃走。另据红拂自撰《志奇》所云:"余在杨府,有虔婆教之曰,房圆之时,须发呻呀之怪声,如不发声,则夜叉来食尔心肝。日夜叮咛,余牢记心中,遂不可释。至今与外子合,犹不禁呼之,为童仆所笑。"

由此可见,红拂这种怪叫,正是杨素的奸计。他府中的姬妾跑去,一和别人好,半夜里就要发出古怪的叫声,马上就暴露了。可想而知,李靖和她逃出镇外,免不了臭骂她。两人在庄户上买两匹蹩脚牲口,一路走,李靖一路数落她,红拂也不知自己中了杨素的计,还在强嘴。

正在闲扯,忽然听见背后马蹄声大作,李靖一回头,只见一个人骑快马箭一样赶上来。这是一条稍长汉子,劲装快靴,头戴铁斗笠,右手握长剑,左手持缰。红拂也回头一看,嘴里惊叫一声:"郎,祸事了!此人是杨府第一剑客杨立,郎怕的多管是这个人!这厮平日净来勾搭奴,奴也虚与委蛇,今番赶了来,定不是好事!这却怎生是好?"

"使你的媚术,迷倒他!"

"郎说得是。可待奴使术时,郎却开不得口,一切听奴安排。若多一句口,俺二人便是死!切切不得有误!"

杨立飞马上前,从他们俩身边掠过去有一箭之地,又兜了回来。原来李靖和红拂化装成客商,他没看出来。他回头走到这两人面前,觉得这两个家伙有点怪。大热天,戴着围巾,还低着头,好像发了瘟。

他开口道：

"客官，打听一下，可见到……嘿！原来是你们俩！不用废话了。我在前面林子里等你们。"

杨立纵马入林。红拂又和李靖说："李郎！休忘了奴的语言，杨立问时，你只装聋作哑。今番入鸟林去，也不知能否得生。我夫妇先吻别了吧！"

这两个人就在大路上接吻，足足有十五分钟。过路的人都不敢看，闭了眼睛走。红拂却长叹一声："好了，我觉得再没有遗憾了。现在我精神百倍，咱们去会杨立！"

红拂抱定必死的决心，纵马进了林子。李靖跟在她的后面，心里狐疑不定。走到树林深处，只见杨立坐在高坎上玩剑穗儿，马拴在一边。红拂下马，把马拴好，走过去在杨立面前跪下，李靖也跟着跪。那杨立扬起眉毛来：

"下面跪的是谁？"

"无知小妹红拂问大哥金安！"

"算了，别扯淡。你知道我要干什么？"

"奴便不知。奴只知哥哥是疼俺的。"

"瞎扯。以前和你好过一阵子，现在恨你恨得牙根痒痒。你是毒蛇，信誓旦旦地要和我好，又和这家伙私奔。我看着你都恶心！老子今天来，就是要把你千刀万剐！然后我再把这李靖押回太尉府。你别想在我面前捣鬼，我的武功强你一百多倍！你动一动手，我就先下手割李靖！"

红拂就哭起来。"大哥！妹子知罪了。你要割妹子，怎生下得手去？只求大哥高抬贵手，放妹子与情郎逃命，妹妹日后供大哥长生牌位……"

"别来这一套，你知道我的诨名是什么？"

"大哥匪号花花太岁，又称做妙手屠夫。"

"知道就好！我就喜欢活剐人，一年总要割百八十个。你看，我把家伙全拿来了！"他哗哗啦啦把背上的包袱扔在地上，一件一件往外拿。"这是铁板桩，钉在地下，把你做大字拴定。这是切腹刀，专门开膛。这是一套剔肉刀，削你四肢上的肉。这钩刀割舌，勺刀剜眼，柳叶刀削鼻割耳，还有这一大套，都有妙用。这里一大块松香，放在大锅里熬开，专门烫你的伤口。这样你不出血，光是痛，不到我剐心你不断气。红拂，想想你的骷髅在血水中还喘气，那是什么劲头儿！你快给我熬松香，慢了我就先割李靖给你看！"

红拂哭着熬松香。她还在哀求杨立："大哥咱们也好过。你忘了你搂着妹妹跳舞的时候了？妹就是做错了事，你杀了就是。这么折磨我，却太没人性了。"

杨立一笑："我就是没人性，人都说我是狼。人性最他妈没有用。我欺负别人可以，谁敢欺我一点，我就让他死得惨上加惨。谁让我是天下第一剑客呢？他们要有本事来割我！"

红拂忽然收了相，转眼怒瞪杨立，足足十分钟一声没吭。杨立还是嬉皮笑脸。等松香冒了泡儿，杨立就直起身来，笑着说："红拂，你的时辰到了。"伸手来抓红拂，那红拂却站了起来，大喝一声："你站住！别把狗爪子往我身上伸。不就是割肉吗？拿刀来，我自己割！"

"嘿，新鲜！你要割也成，可不兴往心窝里一捅。你要这么干，我就收拾李靖，拿出十倍的耐心来，慢慢拉。"

"好！我告诉你，你虽然至凶，至残，世上还有你吓不住的人。你要有种和我打个赌赛。姑奶奶就坐在这儿自己割自己，任凭你说出多么凶恶的招数，老娘我一一做到。但凡有一声讨饶，或是叫一声痛，任凭你把李靖切成肉末儿。但是老娘我要是做到了，你就把李靖放了。你敢不敢赌？"

杨立一听哈哈大笑："你一个嫩皮嫩肉的小妞，和我赌这血淋淋的勾当，我要不答应倒不好意思！世上多少铁一般的硬汉，被我割到最后都求俺快一点。我赌了！"

"你发一个誓来！"

"发就发！天在上地在下，俺花花太岁与红拂赌赛，输了不认，日后万箭穿身，你动手吧！"

红拂把那几十把明晃晃的刀拿过去插在前面，双肩一晃，全身的衣服都褪到了膝下。以下的事，各家记载不一。有云删去者，有事近猥亵者，李卫公《自述》云：

"某与妻逃出河北镇,为杨立所获。某妻挺身而出,云将割肉以赎某,杨许之。妻乃解衣示之曰,割何处?杨云:自割其乳。余妻无难色,将割,余救之。时隔三十余年,余每忆及,犹不禁流涕也。"

红拂氏《怀旧诗十八首》第七诗序云:

"是年夏,逃难荒郊,为凶徒所获。彼令某自割,甚无状,幸赖卫公救之。至今忆及,如隔世为人。卫公待吾,真天高地厚之恩也!虽肝脑涂地,不足为报。"

实际情况是红拂将动手自割,却被李靖出手把她的刀夺了去,动作之快,真是难以形容。他大骂红拂说:

"小骚货!吹牛匠!什么媚术,倒把俺这骗人的大王都骗了。原来只会割肉,还要脱光了割,也不寒碜!快穿上点儿,看俺三招之内宰了这花花太岁!"

杨立只觉得眼前起了一阵风,李靖就下了红拂的刀,怎么出的手统统没看见。他吃了一惊;爬起来精心摆了架式说:"小哥好快身手!俺倒要领教。须知我妙手屠夫自出道未遇敌手,你不要先把牛皮吹破!"

李靖站在那儿连架式也不摆,嘿嘿地冷笑:"俺李靖从不与人过招,只知道割头难续,死一个人就有一家哭,人不杀我,我不还手。你这厮虽实在是可杀不可留,俺也不好先下手,老子立着不动脚,你来捅一剑看看?"

杨立"嗖"地一剑刺去，快如闪电，眼见李靖是没法躲，可是偏偏没有刺中，就像他自己刺偏了二尺。李靖回手一刀，他看得清清楚楚，要闪时才觉得这一刀来得真要命，往哪里躲都别扭。亏了软功出色，把胸腹一齐收后三寸，几乎闪了腰，躲开了身子，左臂叫人家齐肘截去，杨立眼也不眨，一招秋风扫落叶横扫过去，只觉得李靖肯定断为两截。可他偏从杨立头上纵了过去，杨立急转身时，只觉得颈上一凉，脑袋飞了起来，在空中乱转，正赶上看见那腔子里出血。他大呼："妖术！！"嘴动却无声。然后脸上一麻，摔在地上，只觉天地滚了几滚，就什么也不知道了。

　　红拂盘腿坐在地上，只恐怕自己是做梦，正在咬舌尖。李靖走回来，看她那傻样儿，就破口大骂："我忙了这么半天，你还露着肚脐眼儿！办展览呀！"

　　"郎，奴不是做梦吧？"

　　"做什么屎梦？红拂，我发现你会说谎，从今后，我决不再信你一句话！"

　　红拂大叫："郎，这誓发不得也！……呀！奴原来却不曾死！快活杀！"

　　李靖气坏了，兜屁股给她一脚："混蛋！就因为信了你，我又杀了人。今晚上准做噩梦。告诉你，咱俩死了八成了。杀了杨立，那两个主儿准追来！这回连我也没法子了。"

　　"郎却恁地胆小！郎三招之内轻取天下第一剑客首级，天下再有什么鸟人是郎的对手？便是奴看了郎的剑术也自鸟欢喜。有郎在此，奴便得命长也！"

"扯淡。这算什么天下第一剑客？比王老道强点不多。还有厉害的主儿，你连见都没见过。眼下怎么办呢？"

李靖在地下滴溜溜乱转，急得眼冒金星。忽然听见马嘶，抬头一看，却见杨立的马腿邪长，浑身上下没有一根杂毛，眼睛里神光炯炯。李靖大叫一声："红拂，小乖乖，这回有救星了！"

红拂刚穿上衣服，手提着头发赶过来问："郎，什么救星？"

李靖使劲搓手："妈的，这是一匹千里追风驹，相马经上第一页就是它！杨立这小王八，倒养一匹神驹。书上说这马后力悠长，披甲载人日行千里。咱俩骑上去，也没一个重甲骑士沉，等杨素得到报告说杨立翘了辫子着人来追，咱们早跑没影了。快上马，走！"

话说隋炀帝当政时，天下七颠八倒。隋炀帝本人荒唐到什么程度，不须小子来说，自有《迷楼记》等一干纪实文章为证。照小子看，他是有点精神病。仿佛是青春期精神病，要按现在的办法，就该把他拿到精神病院里，用电打一打。再治不好，就该征得家属同意，把他阉割了，总不能放出去荼毒生灵。奈何在封建社会，皇上得什么病都有办法治，惟独精神病没法治，遂引出隋末一场大动乱。小子收罗佚书多种，与医学界人士合作，拟写作《隋炀帝治疗方案》。年内开笔，明年将与读者见面。

当时杨素位极人臣，隋炀帝下江东胡吃乱嫖，国事尽付杨素处置。这个老东西表面上忠诚得很啦，别人不要说造反，或者有造反言论，连脑子里想造反，都被他用药酒灌出话来，送去砍头。其实呢，他自己的儿子公然在准备造反，他就不闻不问。他那位公子就是大名鼎鼎的杨玄感啦，杨素刚一死，他就据洛阳造反，不光自己落个满门抄斩，还连累了无数河南同胞一起丧命。啰嗦这些事，不是和姓杨的过不去——历史就是如此。我们王家祖上还有王莽篡汉哩。书归正传，却说杨素听说红拂和李靖跑了，把盯梢的王老道杀翻，急忙吩咐手下剑客四出把关，一定要把这两人捉住。等了两天，得到商洛山中八百里快马急传，说在河北镇听见红拂"咿呀"之声，杨立已亲自追下去。杨素一听大为放心，知道侄儿武艺高强干练无双，这一对男女休想走脱。又过一个时辰，接到急报，令贤侄已做了无头之鬼。这老头一听，急火攻心，口吐鲜血晕死过去。及至醒来，连忙下令：一、把家中全体干女儿乱棍打晕装麻包活埋。二、河南全境娱乐活动一律停止三天，男女分床，雄雌牲畜分圈，违者弃市。三、商洛山中的全体地方官儿一律笞五十，戴罪办公，以观后效。下完命令，又晕过去。等到再醒过来，已经完全变了一个人，手也抖了，声音也低微了，完全是一副待死老翁的样子。他叫手下把门客胡公和虬髯公请了来。

这胡公和虬髯公在杨素门下已经两年，论文，胡公汉话都讲不好；论武，也没见他们练剑。成天到晚光拿钱不干事，逛大街，买二手货。偏那杨素对他们优礼有加，到哪都带着，把杨府上下的鼻子全部气歪。当下请了来，杨素挥退左右，从病榻上挣扎起来，翻身便拜。虬髯公急忙去扶，那胡公却叉手于胸，大剌剌地说："太尉大人，客气的不必，你这叫刘备摔他的儿子，买人心的有！"

杨素苦笑一声说："胡先生快人快语，我也不必客套。两位先生，如今圣上失德，天下汹汹，帝业将倾。眼见得天下甲兵，七八成入了外戚之手，圣上还不知深浅，对他们一味地封赏，将来天下一乱，这些人必然要反。老夫身为先帝座下之臣，不忍见这大隋王朝毁于一旦。苦心积虑，发掘杨氏宗族的将才。眼下靠山王杨林，是大隋的擎天金柱，东征西奔，马不停蹄。他却年龄高大，一旦撒手西去，无人能继也。舍侄杨立，少习剑术，兵书战策无有不通，是少一辈中的奇才。老夫还指望他有朝一日统十万雄兵为大隋立不朽之功勋，谁知竟死于奸人李靖之手！小侄是天下第一剑客，杨府其他人万万不及。如今失手，其他人丧胆寒心，必不能为他报仇。我知道两位是世外高人，武功又高于舍侄，还请先生念在剑士'国士国士'的古训，为老夫一雪丧侄之恨。虬髯先生，胡先生汉语不好，给他讲讲'国士国士'。"

胡公倒嘴快："太尉，不必解释。剑客的勾当，我的专业！国士国士，就是你对我大大的好，我对你也大大的好！这李靖我的包下啦！"

虬髯公白了胡公一眼说："太尉，胡公包下这事，小可就不必插手了！"

"虬公，不要争一时的意气。李靖这厮不知是什么来历，小倅身为天下第一剑，居然死在他手下。你们不可托大，一路去，也有个照应。"

虬髯公一笑："这李靖的来历你不知道，怎么想起去杀他？太尉大人，我可不是轻狂。令倅在天下一流剑士之中排行第一，却另有超一流的剑士，杀一流剑士如宰鸡一般。这胡先生在超一流剑士中马战天下第一，足可以为令倅复仇。小子出手大可不必。"

胡公听人夸他，大喜，"大胡子，你的也不错。你的剑术天下第二，我的早想领教，只是没有把握能赢。你的和我去，我的很乐意呀！"

杨素听了大为惊讶："原来还有这些讲究，那么这李靖是什么来历？"

"李靖字药师，出身望族，少年习剑，在同门四人中剑法最高。其师兄师弟都已登堂入室，成了一代宗师，他还没有出名。据说是没有杀人的胆子，不敢和人过招。此人若有实战经验，连我们也不敢轻敌。可按现在的水平，我们中间任何一人都可在百招之内杀他。太尉，你要一定请我，我就去走一趟。按剑士的传统，今后我就算报过你礼遇之恩，咱们清账了！"

李靖和红拂骑马走到日头西斜，才走了不到二百里。原来杨立这匹马虽是千里马，可那纨绔子弟不知爱惜，把它骑坏了。它起跑倒快，跑到一百里左右就喘起来，呼啦呼啦好像在拉风箱。这都是身上带汗时饮凉水落下的支气管哮喘，一开喘非半个时辰不能平息。李靖见马喘得可怜，不敢再叫它快跑，只好一溜小跑，故此走得不甚快。

日头将落，这两人走到黄河边上。此地两山之间好大一片平川，汉时本是河东一片富饶之地，只可惜南北朝时几经战乱，变成了一片荒原。走着走着，李靖听见背后隐隐有马蹄之声。回头一看，只见天边两骑人影，一黄一黑，身后留下好长一溜烟尘。他惊叫一声："不好！讨命的来了！"急忙两腿一夹，策马狂奔。这千里马放蹄奔去，只跑得两耳风声呼呼，身后的追兵还是越跑越近。跑了一个时辰，他连胡公的胡子都看见了，坐下的马也开始喘起来。李靖急得头上冒汗，一面回头看，一面叫红拂看前面可有林子。谁知这片荒山光长草不长树，什么林也没有。李靖慌忙给马屁股一连几掌，打得马眼睛往外凸，脚下也起起磕绊，眼看马力将竭。正在急得上天无路，入地无门，忽然红拂尖叫起来：

"那鸟洼地里却不是一片鸟林子！李郎，快来鸟看！"

果然右手下边一大片洼地，里面好大一片柳条林，李靖打马冲进去，刚刚赶在胡公前边一箭之遥，跑到树林深处，李靖和红拂跳下马来喘气，那马喘得还要凶。好大一团蚊子，转眼被它全吸进去，然后就开始咳嗽。红拂擦擦头上的汗说："李郎！须是要寻个河溪鸟洗一回。今番又死里逃生也！"

"生不生还很难说，这两个家伙在外边不会善罢甘休的。咱们不能在这里躲一世，还要逃呀！"

"郎，这两个厮却也是呆鸟！如何不入内来寻？"

"人家不呆。剑客的古训是遇林休入。咱们躲在树后暗算他一剑，就说是有冲天的本事也着了道儿。你连这都不懂，才是货真价实的呆鸟！"

"这等说，我们只索性饿死在这里？奴却不愿饿死。郎，我夫妇好好鸟乐一场，天明时结束整齐，去与那厮们厮杀！连杨立也输与郎，奴便不信这两个有三头六臂！"

"别做梦了！这两个联手，就是二郎神也不是对手。我有个好主意，这一带低洼，明天早上一定起雾，咱们用破布裹了马蹄乘雾逃走，这片林子又有几十里方圆，谅他们没法把四面全把住。妈的，你看看我这脑子，真是聪明！歇够了马上去，占领有利出发地。"

这洼地里是沼泽，草根绊脚，泥水陷人。那柳条纠缠不清，真比什么路都难走了几十倍。李靖持短刀在前开路，红拂牵马相随，走了半夜，才走到林地的西缘，爬上一个小高地。这地方可说是这一片惟一能让人存身的地方。靠近山口，风很大，把蚊子都吹跑了。山坡下面活水塘，可以饮用。小高坡上青草茵茵，正好野营。更兼地方隐秘，从外面看几棵大树树冠把山坡掩住。李靖拴好马，在池塘里洗去泥污爬上岸来，只见一轮明月在天上。他暗暗祈祷：上天过往诸神，保佑李靖平安出险！我还不想死。红拂却脱得精光，在碧波月影里扑通，嘴里大叫："郎！来耍水！端的美杀人也！"

李靖气坏了，压低嗓子喝道："混账东西！你把鸟都惊飞了，老远都能看见！快上来！"

以后事迹，中国文献均无记载。幸有日本国《虬髯物语》一书，载得此事。大家都知道虬髯客后来跑到日本去了。这《虬髯物语》，乃虬髯自传小说也。其中一节云："隋帝末，余在杨素府为客，奉差逐李郎一妹于灵石北。李郎一妹走入林中，林大，将不可获。是夕忽闻一妹于林西发怪声，乃西去埋伏，遂遇之。"

又有红拂代致虬髯客书，现为日本某收藏家所藏。书云："太原一别，转目十余年矣，闻兄得扶余国，妹与李郎沥酒东南祝拜之。犹忆当年夜宿林中，李郎插剑于地，以示楚河汉界。妹不解深意，以彼绝情意也，大放悲声。郎亦不忍，拔剑狎抱之，出声为兄所闻，否则不之遇也。事已十余年，当书与兄知。一妹百拜。"

根据上述文献，那晚上红拂又嚷嚷来着，结果招得胡公虬髯到前边埋伏。要不然他们俩就逃脱了。第二天早上两人明知前面有埋伏，也不得不向西出动。如果折头向东，必须穿过好大一片沼泽，那可够走些日子的啦。事情到了这种地步。红拂一声不吭，看样子有寻死之意，李靖还安慰她几句。正扯着，已经走出雾区。他抬头一看，半山站着一人一骑。那人黄头发黄眉毛，黄眼珠黄胡子，骑一匹小黄毛马，此人正是胡公。李靖大声发问：

"胡公，你来得好快！你的伴儿呢？"

"你的李靖？扯淡的不必要。快来受死。我的伴当在林东。"

李靖想：这人发疯了。发现我们不把伴儿召来，偏要单打独斗。他说："胡公！你要挑我独斗？我多半不是你对手。我要是死了，可不要杀我老婆！"

"花姑娘我的不杀。你的死，我的埋。"

红拂搂住李靖的脖子大哭："郎，一路死休！"却听见李靖在她耳边小声说："你快下去。这人过于狂妄，骄兵必败，虽然他武功高过我，我也有五成把握。你不下去那一个也来了倒不好办了！"

红拂不撒手，李靖把她硬推下去，纵马上前大战胡公。这架打得很不公平：胡公刀术高过李靖十倍，抢得漫天的刀花，李靖只够看刀招架，都没工夫看胡公的人。加上胡公用弯刀，正适合在马背上砍杀。李靖用杨立的剑，直刃直柄，抢起来再别扭也不过。他又一心要纵胡公的轻敌之心，不肯下马步战。斗了十几个回合，李靖浑身是伤，划了有二十多道口儿，就像一颗金丝蜜枣儿，胡公却连个险招也没碰上。

胡公觉得奇怪：这李靖身手不及他，骑术也不及他，兵刃坐骑处处都不及他，他又找到他二十几处破绽，按说早该把这李靖砍成几十块，却偏偏没有砍中要害！这家伙闪得好快，多高明的剑客也闪不到这么快，只有胆小鬼能够。念着念着，两马错镫，李靖猛然一转身给胡公一飞剑。

胡公听见风声头也不回，回手一刀把剑打飞。然后兜马转身，一看那李靖已经逃走了。胡公禁不住笑骂一声："呜里哇啦！逃到哪里去！"双脚一扣镫，那黄毛马腾云一般追上去。

他眼睁睁盯住李靖，只见李靖在镫上全身压前，正是个逃跑的架式。追到近处，胡公把刀在头上挥舞，正欲砍一个趁手，却不防李靖左脚离镫，一脚蹬去，把他鼻子蹬了个正着。胡公从马背上摔下来了，在地下滚。他的鼻子被蹬成平的，眼睛里血泪齐出，什么也看不见了。

李靖圈马回来，看见胡公从地上挣扎起来，就纵马把他撞倒。兜一圈回来，胡公又爬起来，他又去把他撞倒。如此蹴踏三次，胡公哇一声吐血数斗，终于死了。李靖奔到红拂前面，从马背上摔下来，当场晕死过去。

红拂把李靖身上二十六处刀伤裹好，已经把他裹得像木乃伊。李靖悠悠醒转，长叹一声，泪下如雨。他说："红拂我完了。身负二十处刀伤，已经不能奔驰。你也不必守着我，快快上马逃走。"

"郎却是痴了？奴若逃时，就不如猪狗！郎，多少凶神恶煞都吃郎打发了，哪里还有过不去的关口？"

"你不知道，虬髯公一会儿就要赶到，我此时连三尺孩童都打不过了，拿什么去迎战当今天下一人之下万人之上的大剑客？这回真完了。"

正说之间，虬髯客从一边村子里冲出来。李靖看时，端的好条大汉！此人身高不过七尺却头大如斗，肩有别人两个宽。那个胸膛又厚又宽，胳膊有常人腿粗。一身的钢筋铁骨，往少里估也有四百斤重。黑脸上有一双牛一般大眼，一部黑须蜷蜷曲曲，骑一匹铁脚骡子，真是威风凛凛。虬髯公大笑："好李靖！居然杀了胡公。虽然他中了你的奸计，你这份机智也已够不寻常！俺到了你面前，你还有什么法儿害俺？"

李靖镇定地说："虬髯公，你是有名之士，为何去做杨素的鹰犬？我真为你惋惜！我死不足惜，可惜了你大好身手！"

虬髯公又哈哈大笑："老兄，你看《三国》落眼泪，为古人担忧！俺怎会为杨素戴孝？杀了他还嫌污俺的手！实告诉你俺兄弟十人共谋，要取大隋的天下，已在渤海长山屯兵蓄粮，很筹划了一阵子了！俺这番到洛阳，是看看隋朝的气数。在杨府当门客，就算是卧底吧。哈哈哈！"

李靖听了眼睛一亮："原来先生是一位义士！小子失礼。今日一见三生有幸！小子欲往太原去。先生是否同路？"

"不同路。哈哈哈！"

李靖想：这人真讨厌。没有一点幽默感，却哈哈傻笑。不同路最好。于是就说："小子身上带伤，意欲到前面村镇寻医求治，不及奉陪。后会有期！"

"慢着。把首级留下来。哈哈哈！"

李靖一听，几乎岔了气："先生，你这是怎么说的？你是反隋义士，我也不是杨广的孝子贤孙。你杀我干什么？"

"李药师，俺知道你。三岁读兵书，五岁习武艺。十六岁领壮丁上山打山匪。二十岁重评《孙子兵法》，连曹孟德都被你驳倒了！这好比隋朝的天下是树上一个桃，熟了早晚要掉下来，这树下可有一帮人伸手接。俺今天不收拾了你，十年以后你手里有了兵就不好办了。你不要瞪眼，慢说你带了伤，就是不带伤，再叫上你的师兄弟，也不是俺们的对手。你要是不信，拔出剑来，叫你输个心服口服！哈哈哈！"

李靖想，人都说山东人脾气可爱，可我还真受不了。别的不说，这种笑法叫人听了起鸡皮疙瘩。这口音也真难听。这话他不敢说出口来，反而赔个笑脸说："虬先生，我可没心去争天下。我猜先生的意思是逼我入伙。我李药师最讨厌杀人，小时候读兵书，只是当小说看。你还是放我回乡去。一定不放呢，我也只好去了。话说在明里，我当个军师还凑合，上阵打仗我可不干。"

"谁逼你入伙呢？俺只是要你割下头来交给俺哪。俺弟兄十个，得了天下一人一天轮着当皇帝，得小半个月才轮得过来。随便收人可不得了，俺就是答应，弟兄们也不答应。药师兄，这可实在委屈了你。把脑袋割下来，劳您的大驾！"

李靖觉得这人简直是混蛋。为一份没到手的江山就要和别人争到打破头，真没味儿。那虬髯公见他不肯割头，就拔剑纵马过来意欲代劳。李靖急忙喝住："慢！我一定能说服你。你根本就没理由杀我。你听着，第一，你们兄弟争天下，一定能争下来吗？为这个杀人，几乎是发昏，再者，我没招你没惹你，杀我干什么？"

"你说争不下来，俺说争得下来。这个事只能走着瞧！要说你呢，真是没招俺没惹俺，是个陌生人儿。这倒好，杀了你俺也不做噩梦。你说完了吧？俺可要宰了！"

"没说完！老虬哎，你看我老婆，多漂亮。你杀了我，她就要当寡妇。多可怜呀！"

"可也是。你媳妇儿真漂亮。不过不要紧，小寡妇不愁嫁，比黄花闺女都好打发。"

李靖气迷了心窍，大吼起来："虬髯公！你欺我身负二十六处刀伤不能力战，杀了我我也不服！要是我健康时，你恐怕还不是我的对手！"

虬髯公手擎长剑正要割李靖的头，一听这话又把剑收回来。"李药师，你这话可说差了！你的剑术好不假，要比俺可是差了一大截儿！你不服就拔出剑来，俺和你比一比。"

"呸！我现在连杀鸡的劲都没有，怎么比？"

"这也是。可俺也不能划自己二十六刀呀？照俺说，你确实比不上俺，你死了就算了。"

"不成！虬髯公，你要是有种，就和我比一场慢剑。比招不比力，斗智不斗勇。我输了割头给你，你输了割头给我。你会斗慢剑吗？"

"什么话！俺虬髯公是成名的剑客！什么剑不会斗？下马来，俺和你斗了！"

这两人翻身下马，在地上画了两道线！相隔二丈，又画好中线，然后隔线而立。虬髯公叫红拂唱个小曲，俩人依节拍而动，红拂坐在马上，手持两把刀子相击，唱出一支歌。她先是"啊"了一阵，那声音与在床上发出的没什么两样，然后唱出歌词，却是：

"你太没良心！我是个大闺女，人已经给了你……"

虬髯公一听，腿软腰麻，根本递不出招。他"腾"地跳出圈子，大喝一声："红拂，你太不像话了！我们要性命相搏，你却唱这种歌儿！换一支！"

换了一支，更加要命。连虬髯公的铁脚骡子听了都直撒尿。虬髯公红了脸说："小娘子，别唱这种靡靡之音。来一支激昂点儿的。会唱这歌吗：风萧萧兮易水寒，壮士一去兮不复还！"

"那是河北梆子，和马嘶一样，唱起来伤嗓子，我不唱！"

"那就唱这个。饮马长城窟，水寒伤马骨！……"

"老虬，这又是男高音的歌儿，我唱不相宜。我这嗓子是性感女中音，最适合唱软性歌曲。你那些歌儿和吆喝一样，我怎么肯唱？"

虬髯公觉得和她搅不清楚，就说："好好，我不和你闲扯！你不必唱歌儿，打个拍子就成，好吧！"

这一回两人重新站好。红拂一击板，两人刷一声拔出剑来，剑尖齐眉朝对方一点，算做敬礼，然后就斗起来。虬髯公那柄剑就如蛟龙出海，着地卷将来，每一招都无法破解，李靖只好后退。退了五六步，他把自家剑术中更厉害的杀手全施展出来，顶住了片刻，然后又后退，一直退出线去。虬髯公喝一声：俺赢了！李靖，你居然抗了我八十多招，也算得是出色的剑士！现在割头吧？愣着干啥？说了不算吗？"

要割头李靖可不干。他眼珠一转，又叫起来："不公平！虬髯公，我胯上有伤，脚步不实。用外家剑术迎敌，是我的疏忽！你应该再给我一次机会。"

"别扯了。输就是输了，还要扯淡！咱们剑客，割脑袋就如理发一般，别这么不爽朗！"

"三局两胜！还有一场哩。"

虬髯公皱皱眉："你怎么不早说！也罢，反正还早。你的剑法也真是好，俺还是真有兴趣再斗一场。这回斗内家剑是不是？"

"虬髯公，我伤了，内力有亏。你和我斗，力量不能大过我，咱们纯斗剑招，不然输了不算。"

这两个人又斗，两口剑绞在一起，一点声音也没有，只听见李靖呼呼地喘。绞了顿饭的时间，虬髯公的剑脱出来，指住李靖的咽喉。他大喝一声：

"李药师，俺看你还有啥可说！"

"当然有！我刚才头晕！"

然后他又说是五局三胜，七局四胜，九局五胜。看官诸公，古人博局赌赛，至多也就是三局两胜。五局三胜，唐时未曾有。七局四胜更为罕见，据小子考证，现今世界上只有美国NBA职业篮球决赛才取这种制度。至于九局五胜，早二年汤姆斯杯羽毛球赛才用哩，现在已经取消。所以虬髯公听了，以为李靖放赖，手擎大剑，要砍他的头，险些屈杀了好人。李靖一见躲不过，登时吓晕过去。及至醒来，脑袋还生在脖子上。虬髯公已离去，红拂还在面前侍候。此种情形，留为千古疑案。后世文人骚客，题诵不绝。咸以为风尘三侠，武功盖世，豪气干云，只可惜在名节上不大讲究。大伙不明说，都以为李靖从晕去到醒来，历时二小时七分半，在这段时间，他肯定当了王八。不单别人，连李靖自己都这么想。虬髯公要不得点好处，怎能不砍他的脑袋？中国人对这类事件最为严格，别说做爱啦，只消女的被人香香面孔，握握小手，男的就铁定成了王八。李卫公为人极为豁达，与红拂伉俪甚谐，终身不问此事。红拂亦不辩白，遂使王八一事，已成铁案。

　　今者小子耗十年心力，查得虬髯客遗书，可以洗此千古奇冤。然而翻这种案子，不仅吃力，而且不讨好。就如我们常常听到的：某女人名声不佳，男士欲代为申辩，别人就说：他和她不干净。盖此种议论，吓不倒小子。红拂女士故去千余年，香已消玉已殒。此种事实，足绝造谣者之口实。其二，旁人又会造谣说，李是天下第一大姓，红拂则世人以为姓张者，姓张的人亦多。只消天下姓李姓张的各给我一毛钱，余顿成巨富矣。执这种见解者，不妨一至豆腐厂，打听王二的为人。王某人上下班经过成品车间，对豆腐干、豆腐皮、素鸡腿等辈，秋毫无犯。识我者云：王二先生重诺轻死，如生于隋末，必与李靖红拂虬髯并肩游，称风尘四侠也！

查虬髯客遗书云："某一生无失德，惟与一妹事，堪为平生之羞者。是年于荒郊，李郎晕厥，余乃弃剑拜一妹曰：曾于杨府见妹，惊为天人，梦寐不忘。今为杨公逐尔等于此，实为妹也！今李郎晕去，妹能从吾做渤海之游乎？如不从，当杀李郎以绝妹念，而后行强暴，妹必不能抗。妹曰：诺。然李郎病重，当救之。请展限十日。余请一香吻，不可得。求一握其手，亦不可得。乃约期太原而别。后十日，一妹如期而至，天香国色，不可方物，执匕首授余曰：李郎，吾夫也。妇人从一而终，此名节，不可逾也。吾虽妇人，亦侠也。游侠一诺，又不可追也。今当先如公愿，而后自裁。死后无颜见李郎于地下，公当挖吾目、割吾鼻、封吾唇、吾耳，俯身而葬。如不诺，不从公意。余大惭，拜妹曰：妹冰雪贞节一至于此耶？某何人，焉敢犯。求勿语于人。妹诺。余乃将平生所蓄，太原公馆田亩悉赠于一妹，流窜海外，苟延残喘至今。李郎一妹不念旧恶，常通言问。噫，贞操乃妇人之本。有重于妇人贞操者，游侠之名也！一妹忍辱至今，全吾名节。吾岂不知？某今将死矣，敢恋身后之名，令一妹含冤千古乎？余去世后，儿孙辈当持此书，至大唐为一妹分剖明白，至嘱。年月日。"

这封遗书虬髯公的儿孙倒是看见啦，他们怕坏了其父其祖的名头，藏匿至今。到底被王二发掘出来，如今全文披露以正视听。红拂夜奔至此终。

# 夜行记

玄宗在世最后几年，行路不太平。那年头出门在外的人无不在身上怀有兵刃。虽然如此，见到路边躺着喂乌鸦的死人，还是免不了害怕。一般人没有要紧的大事，谁也不出门，大路上因此空空荡荡。有一天，一个书生骑着骏马，押着车仗，在关中的大道上行走。那时候正值夏日，在马上极目四望，来路上没有行人，去路上也没有行人，田野上看不到农夫，只有远处地平线上空气翻滚，好像无色的火焰。车轮吱吱响，好像在脑子里碾过。书生在马背上颠簸，只觉得热汗淋漓，昏昏沉沉。旅行真是乏味的事，如果有个人聊聊就好了。书生不想和车夫谈话，因为他们言语粗鄙，也不想和轿车里的女人谈话，因为她们太蠢了。因此他就盼着遇上个行人，哪怕是游方的郎中，走方的小炉匠也好。可是从上午一直走到下午，谁也没遇上。直到夕阳西下，天气转凉时，才遇上一个和尚。

和尚骑着骡子，护送着一队车仗。轿车里传出女人的笑语，板车上满载箱笼。虽然书生盼望一个谈伴，这一位他可不喜欢。第一，和尚太无耻，居然和女人同行。第二，和尚太肥，连脑后都堆满了一颤一颤的肥肉。因为和尚不留头发，这一点看得十分清楚。等了一天，等来这么一个人，不是晦气么？等到彼此通过姓名，书生就出言相讥，存心要和尚难堪：

　　"大师，经过十年战乱，不仅是中原残破十室九空，而且人心不古世道浇漓。我听说有些尼姑招赘男人过活，还听说有些和尚和女人同居。生下一批小娃娃，弄得佛门清净地里晾满了尿布，真不成体统！"

　　和尚虽然肥胖，但却一点也不喘，说起话来底气充足，声如驴鸣："相公说的是！现在的僧寺尼庵，算什么佛门清净？那班小和尚看起女人来，直勾勾地目不转睛。老衲要出门云游，家眷放在寺里就不能放心，只得带了同行。这世道真没了体统！"

　　书生想：这和尚怎地没廉耻！我不要他同行。此时太阳已经落山，前面是个市镇。书生说："大师要住宿吗？这里有好大客栈，正好住宿！"

　　"依相公说，我们就住宿。"

　　"大师宿下，我们乘晚凉再行一程。"

　　"那就依相公说，我们再行一程！"

　　"大师要宿，我们便行。大师要行时，我们就宿。"

"相公，正好要说话，怎么撇了开？相公要宿，我们也宿，相公要行，我们也行！"

书生听了又好气又好笑，真想骂他一声。但是没有骂，只是想：和尚要同行，也由他。车马行过市集，走上山道，太阳已经落山，一轮满月升起来，又大又圆，又黄又荒唐。月下的景物也显得荒唐。山坡上一株枯树，好像是黑纸剪成。西边天上一抹微光中的云，好像是翻肚皮的死鱼。马蹄声在黑暗中响着，一声声都很清楚。和尚的大秃头白森森，看上去令人心中发痒。书生真想扑过去在上面咬一口。当然，这种事干不得。和尚要问：好好地走路，你啃我干什么？书生又想：捡块石头开了他的瓢儿也能止痒。这种事也干不得。和尚在喋喋不休，听了他的话，书生心里痒得更厉害。和尚在谈女人，谁能想象佛门子弟会说出这种话来？

和尚说：安南的女子娇小玲珑，性情温柔，拥在膝上别有一番情趣；鲜卑女子高大白净，秀颈修长，最适于在榻上玉体横陈；东瀛的少女深谙礼节，举止得体，用做侍婢再合适也没有；西域的蛮女热情如火，性欲旺盛，家里有一个就够，万不能有两个。谈到中国女人，和尚认为三湘女子温柔，巴蜀女子多才，陇西的女子忠诚，关中的女子适合当老婆。天下只有燕赵的老婆最要不得，因为完全是母老虎。听到最后一句话，书生有点上火，因为他老婆是河北人。于是他接口说道，现在的女人都不成体统，遇上谁就和谁过，也不管他是和尚道士，头上有毛没毛。关于这一点，和尚说不能怪女人。这些年来先是安史之乱，后来又边乱纷纷。天下男子去了十之八九，女孩子却还得嫁人。所以，嫁个和尚也不错。听了这种话，书生差点笑出来，这个和尚有趣得紧啦！

和尚说，谈女人无趣，不如来谈骑射。书生听了心里又发痒——出家人谈谈击鼓撞钟、敲木鱼念经也罢，他偏要谈跑马射箭！不过这是书生心爱的话题，虽然对着一个和尚，他也禁不住发言道：习射的人多数都以为骑烈马，挽强弓，用长箭，百步穿杨，这就是射得好啦。其实这样的射艺连品都没有。真正会射的人，把射箭当一种艺术来享受。三秋到湖沼中去射雁，拿柘木的长弓，巴蜀的长箭，乘桦木的轻舟，携善凫的黄犬，虽然是去射雁，但不是志在得雁，意在领略秋日的高天，天顶的劲风，满弓欲发时志在万里的一点情趣。隆冬到大漠上射雕，要用强劲的角弓，北地的鸣镝，乘口外的良马，携鲜卑家奴，体会怒马强弓射猛禽时一股冲天的怒意。春日到岭上射鸟雉，用白木的软弓，芦苇的轻箭，射来挥洒自如，不用一点力气，浑如吟诗做赋，体会春日远足的野趣。夏天在林间射鸟雀，用桑木的小弓小箭，带一个垂发的小童提盒相随。在林间射小鸟儿是一桩精细的工作，需要耳目并用，射时又要全神贯注，不得有丝毫的偏差，困倦时在林间小酌。这样射法才叫做射呢。

和尚说，看来相公对于射艺很有心得，可称是一位行家。不过在老僧看来，依照天时地利的不同，选择弓矢去射，不免沾上一点雕琢的痕迹。莫如就地取材信手拈来。比如老僧在静室里参禅，飞蝇扰人，就随手取绿豆为丸弹之，百不失一，这就略得射艺的意思。夏夜蚊声可厌，信手撅下竹帘一条，绷上头发以松针射之，只听嗡嗡声——终止，这就算稍窥射艺之奥妙。跳蚤扰人时，老僧以席篾为弓，以蚕丝为弦，用胡子楂把公跳蚤全部射杀，母跳蚤渴望爱情，就从静室里搬出去。贫僧的射法还不能说是精妙，射艺极善者以气息吹动豹尾上的秋毫，去射击阳光中飞舞的微尘，到了这一步，才能叫炉火纯青。

书生听了这些话，把脸都憋紫了。他想：幸亏是在深山里说话，没人听见，否则有人听了去，一定要说这是两个牛皮精在比着吹牛皮。倘若如此，那可冤哉枉也！我那射雁、射雕、射雉、射雀，全是真事儿，不比这秃驴射苍蝇、射蚊子、射跳蚤，纯是信口胡吹。别的不要说，捉个跳蚤来，怎么分辨它的牝牡？除非跳蚤会说话，自称它是生某某或者妾某某。纵然如此，你还是不知道它是不是说了实话，因此你只能去查它的户籍——这又是糟糕，跳蚤的户口本人怎能看见？就算能看见，人也不识跳蚤文。所以只好再捉一个跳蚤当翻译。你怎么能相信这样的翻译？跳蚤这种东西专吸人血，完全不可信。因此分辨跳蚤的牝牡，根本就不可能。和尚吹这样的牛皮，也不怕闪了舌头！想到这些事，书生心里更是奇痒难熬。他真想在和尚的大秃头上开两个黑窟窿，但是他又想，这种事儿可干不得。和尚的老婆在一边看见，难免要责怪于我。

书生抬头一看，发现已经走到深山里。和尚哈哈大笑，说走夜路有人谈话，真是有趣。我们不如叫家眷车仗先行，自己在后面深谈。书生点点头，心里说：这样好多啦！我要是憋不住了，没人看见正好揍你。于是他们站在路边，让车辆到前面去。

　　此时月亮已经升到中天，山里一片银色世界。坡上吹着轻轻的风，又干净，又明亮，好像瓦面上的琉璃。月光下满山的树叶都在闪亮，在某些地方晃动，在另一些地方不晃动。书生想，这真是个漂亮的世界。老天保佑，我可别干什么不雅的事情。等到心里的奇痒平息，他就随和尚走去，继续谈到很多事情。

　　和尚说，谈过了骑射，我们来谈剑术。这也是书生心爱的话题，所以他就抢先发言道：百炼的精钢，最后化为缠指之柔。他有柄这种钢打制的宝剑，薄如蝉翼，劈风无声。不用时，这剑可以束在腰里为带，用时拿在手里，剑刃摇曳不定，就如一道光华。挥起来如一匹白练，刺击时变幻不定。倘若此时此剑在我手里，我只消轻轻一挥，不知不觉之间上人的脑袋就滚到地上啃泥巴，那时您老人家只觉得天旋地转，脸皮在地上蹭得生痛，还想不到是自己的脑袋掉下地了呢。书生说完这些话纵声大笑，心里可有点不踏实。确实有这么一把剑，不过不全是他的。这是他家的传世之宝，他父亲还没死，这剑不能说是他的。这回出山，身边也没有这柄剑，如若和尚要看，他又拿不出来，这就有吹牛皮之嫌。不过这不要紧，可以请和尚到家里去看。倘若他不肯去，非说书生是吹牛皮不可，正好借这个碴儿和他打一架，不敲出他一头青疙瘩不算完。

书生盘算了好多，可是和尚却不来质疑。他说像这样的剑只能说是凡品，虽然在凡品中又算是最上等。如果以剃刀在青竹面上剥下一缕竹皮，提在指间就是一柄好剑。拿它朝水上的蜉蝣一挥，那虫子犹不知死，还在飞。飞出一丈多远，忽然分成两半掉下来。倘若老僧手中有这么一柄剑，只消轻轻一挥，相公不知不觉之中就着了和尚的道儿。你还不知道，高高兴兴走回家去。到晚间更衣，要与夫人同入罗绡帐时，才发现已被老僧去了势。说完了和尚哈哈大笑，书生却气坏了，心说：

"你这老贼秃！我不来杀你，已经是十分好了，你倒来取笑我，可是活得不耐烦了？"可是那和尚又说下去：

"当然，相公是老僧的好友，和尚绝不会阉了你。老僧这等剑术，在剑客里也只算一般。有一位大盗以北海的云母为刀，那东西不在正午阳光下谁也看不见，砍起人来，就如人头自己往地下滚，真是好看！还有一位剑客以极细的银丝为剑，剑既无形，剑客的手法又快到无影。不知不觉一剑刺在你左胸，别住了心脏不能跳动。登时你胸闷气短，又请郎中，又灌汤药，越治越不灵。此时剑客先生站在一边看热闹，要是他老人家心情好，上前把剑拔去，你还能活。万一他输了钱，你就死吧，到死还以为是自己得了心绞痛！"

书生听了这番话，心里又是一片麻痒。这贼秃吹得真是没谱了。试问云母极脆，何以为刀？银丝极柔，又何以为剑？倘若云母、银丝都杀得了人，用一根头发就能把人脑袋勒了去。试问人身子是豆腐做的吗？原来女娲造人是这么一个过程：她老人家补天之余，在海边煮了一大锅豆浆，用海水一点，点出一锅豆腐来，这就是咱们的老祖宗。女娲娘娘不简单，一只锅里能煮出男豆腐和女豆腐，两块豆腐一合，就生下一个小豆腐？真他妈岂有此理。玉皇大帝坐在九天之上，阎罗大帝坐在阎罗地府，主管人的福禄生死，原来是两家合资开了个豆腐坊。好，太好了！书生悄悄落到后面去，偷手取出弹弓，照和尚脑后一弹弹去。

书生的弹弓铁胎裹漆，要是没学过射箭，任凭你有多大蛮力也拉不开。他的弹丸是安南铜铸成，拿在手里不小心掉下去，能把脚砸肿。这一弹要是打在和尚的脑袋上，势必贯脑而出。书生想到和尚正在夸夸其谈，冷不防嘴里钻出个大铜丸，势必要大吃一惊。要是弹丸从眼眶里钻出去，和尚觉得脸上掉下东西，随手一接，接到自己的眼珠子。这种事儿只要没落到自己身上，谁都觉得有趣。书生觉得自己有幽默感，就大笑起来。

谁知那和尚吹得高兴，摇头晃脑，那一弹就从他耳边偏过去。书生一看没打中，不禁暗暗心惊。他的准头可以打中三十丈外一个小酒盅，如今打这么大一颗秃头，怎么会打不中？那和尚怎么早不晃头，晚不晃头，偏等他发弹时晃头？莫非这秃头不是吹牛，而是有些真实本领？书生收起弓，赶上去探探和尚的口风：

"上人，可听见什么声音？"

"噢，一个大屎壳郎飞过去，嗡的一声！"

书生想：这和尚的耳朵不知是怎么长的，弹丸飞过是什么声音，屎壳郎飞过是什么声音？他又觉得这和尚怪可怜的，嘴里谈着出神入化的武功，背后有人暗算，却都不知道。催命的小鬼儿擦耳根子过去，他还以为是屎壳郎！让他想去吧，不值当为他说嘴就把他打死。两人又并肩而行，谈到各种武功，说到拳脚棍棒，和尚又有很多说法，就如骑射剑术，都是书生见所未见，闻所未闻，根本无法想象的事。而且他胖乎乎，傻呵呵，月光下一颗大秃头白森森、亮灼灼，让人看了一发忍不住要朝上面下手。

此时的月亮比刚才又亮了些。书生心里在大笑，满山的玉树银花仿佛在他身边飞舞。心里想笑，嘴上却不能笑，这可不好受。他想：我要和这位秃大爷谈些悲哀的题目，免得他招得我要打他的秃脑壳。于是他说：

"上人，你可知如今路上不太平？现在山有山贼，水有水寇。有些贼杀了人往道边上一扔，那是积德的。有的贼杀法新奇，伤天害理。昨天我们过汉水，车夫见水色青青，就下去凫水。一个猛子扎下去，见到水底下一大群人，一个个翻着白眼儿，脚下坠着大铁球，鼻子嘴唇都被鱼啃了去，那模样真是吓死人！我还听说温州有个土贼专门要把人按在酱缸里淹死，日后挖出来，腌得像酱黄瓜，浑身都是皱。还有人把活人挂到熏坊里熏死，尸首和腊肉一般无二，差点儿当猪卖了出去。现在的人哪，杀人都杀出幽默感来了！"

和尚说："这些小贼的行径，有什么幽默感？我知道洞庭湖上有几位水寇，夜里把客商用迷香熏过去，灌上一肚子铅沙，再把肚皮缝上。第二天早上那人起床，只觉得身躯沉重，拼老命才站得住。在舱里走两步，只听肚子里稀里哗啦，就惊惶失措地跑出去，失足落水，立刻就沉底儿啦。还有几位山贼，捉到客人就分筋错骨大动手术，把双手拧成麻花别在脑后，再把两条腿拧得一条朝前一条朝后。然后把人放出去，那人在山道上颠三倒四行不直，最后摔到山涧里。像这样杀人，才叫有幽默感。"

书生想：这和尚有痰气。和你说正经事儿，你只当是胡扯。看来有必要深谈下去，才能激发你的危机感。于是他说："如今敢出门走路的人也都不简单。这年头，出远门儿就如爬刀山下火海，没个三头六臂谁敢出来？所以你看到个走乡的货郎，他可能在腰里拴着铁流星。看到个挑脚的力夫，他袖里可能有袖箭。就是个卖笑的娼妓，怀里还可能有短剑哪！人身上有了家伙，胆就粗，气就壮，在酒楼和陌生人饮酒，一语不合就互挥老拳，手上还戴着带刺的手扣子。在山道上与人争路，气不愤时就抡起檀木棍，打出脑子来就往山涧一扔。只要你敢用白眼瞪我，老子就用八斤重的铁蒺藜拽你，躲得过躲不过是你自己的事，所以如今走路可是要小心。说话要小心，做事也要小心。招得别人发了火，你的脑袋就不安稳。"

和尚说："这样的行路人也只算些胆小鬼，见到发狠的主儿，只能夹屁而逃，只恨爹娘少生了两条腿。你看和尚我，手无寸铁，坦荡荡走遍天下，随身只有一根撒尿的肉棍儿，谁敢来动老子一根毫毛？老和尚吼一声，能震得别人耳朵里流汤。跺跺脚，对面的人就立脚不稳。山贼水寇，见了我都叫爷爷；响马强盗在我面前，连咳嗽都不敢高声。所以我走起路来，兴高采烈，这样出门才有兴致。小心？小心干什么？"

书生一听，心里更麻痒难忍。强盗响马见了你不咳嗽，你是止咳丸吗？我读遍了药书没见有这么一条，秃和尚，性寒平，镇咳平喘，止痰生津，不须炮制，效力如神。是药王爷爷写漏了，还是你来冒充？就算你是止咳丸，吃了才能生效，怎么看一眼也管用？你不如去开诊所，让普天下的三期肺痨，哮喘症，气管炎，肺气肿的病号排着队去看你的秃脑袋。吹牛皮不上税，生怕稍有疏漏，吃了小贼的亏，就凭你一个吹牛皮的和尚，走起路来这么舒心。强盗大约是觉得抢和尚晦气，所以放过了你，不过我却放你不过！

书生又偷偷落后，拿出弓来。他心里暗暗祷告说："和尚和尚，你到阴间别怪我。不是我心狠，是你招得我忍不住，我这一弹就把你脑袋打开花，不痛不痒！让你猛一睁眼就换了世界，这也就对得起你啦！"祝祷完毕，他咬紧牙一弹朝和尚打去，这就如案头上砍西瓜，绝无砍不着的道理。

书生发弹的时候，和尚刚好走到阴影里。转眼之间他又从阴影里走出来，闪光的秃头还是安然无恙。书生这一惊非同小可，因为他放这一弹时格外的小心手稳，绝无脱靶的可能。看来这和尚不是吹牛皮，而是真有本领。他把弓收起来，打马追上去，心想不得了，和尚说的全是实话，射蚊子射跳蚤实有其事，云母刀、银丝剑也是真的。和尚确实是止咳丸，也确实有人认识跳蚤文。女娲娘娘确实在海边点了一锅豆腐，药书上也确实写着秃和尚寒平。这都是从和尚不吹牛推出的必然结论！书生这么一想心里马上乱糟糟。抬头一看前面，书生又禁不住惊叫一声：

"大师，我们走迷了！"

"迷什么？没有迷！"

书生想：这不对。要是不迷路，早该走出山区。可是前面山势更险峻！何况车辆也不见了，这要不是走错路，除非我真的长了一脑子豆腐渣！他说：

"大师，我们的车辆也不见了！"

"相公，这是去我家的路，老僧一世也没见过比你更有趣的人。所以要请相公到寒寺盘桓几天，宝眷和行李走了近路，现在已经到家了，我和相公走一条远路，意在聆听高论。"

书生想，这更是岂有此理！谁要到你家去？我的家眷和行李怎么会到了你家？你请我到你家去做客，我答应了吗？这个秃驴我还是要打死他？女娲娘娘点豆腐我死活也不信。

虽然书生不信和尚的牛皮，他也怕和尚的本领。忽然天上飞过一片黑云，把月亮遮了个严丝合缝。周围伸手不见五指，两个人都勒马不行。和尚还在喋喋不休。书生拿出弓来，朝黑地里发声的地方打一串连环弹，这回就是神出鬼没的黄鼠狼，也逃不开黑暗中袭来的弹雨。最后一弹刚出手，书生就鼓掌大笑起来。

忽然和尚一声暴喝："深山无人，相公这么一惊一乍，可是要吓死老僧？"书生大吃一惊，连忙把弓收起。过了一会儿，乌云过去，书生看到和尚安全无恙，两个人重新上路。

书生心里还在发痒，他真不乐意世界上有和尚这个人。如果世界上存在这和尚，就得相信跳蚤有户口本，人是豆腐做的。这些事一想痒得受不住，所以根本没法相信。但是同样没法相信的事儿已经发生了。今晚用弹子打斗大一个秃脑袋，三番五次打不中。他只顾想这些心事，忽听和尚说：

"相公，你的马瘸了，看看它是不是漏了蹄？"

书生想：真糟糕，心不在焉，马瘸了都不知道。于是他下马去，把四个蹄子全看遍，蹄铁全是好好的。这却怪，蹄不漏，马怎会瘸？牵着马走几步，发现它根本不瘸。马既然不瘸，和尚怎么说它瘸？再抬头一看，和尚也不见了，书生真的大吃一惊，觉得是遇上了鬼。他上马向前追去，大呼："上人！上人！等一等！"

追了十里路，总算追上了和尚。书生长出一口气，两个人并缰行起来，他可没看见和尚瞪起三角眼，面上罩起了乌云。两人各自想心事，再也不交谈。

书生忽然想道：和尚没说过跳蚤有户口本，也没说过人是豆腐做的。他只说能识别跳蚤的牝牡，云母、银丝也能杀人。既然他没有这么说，我怎么会这么想：这件事细究起来可有趣啦！原来是我非要这么想，好有理由打死他。现在和尚打不死，我可怎么办好？相信跳蚤有户口本，还是相信自己一脑子豆腐渣？他只顾想心事，就没看到月儿西坠，东方破晓，林间晨鸟啾啾，山谷里起了雾气。他也没看到这条路走也走不完，原来是和尚领着他在兜圈子。忽然和尚把他领进一个山凹，这里有一辆轿车，车夫在辕上打瞌睡。

车夫听见马蹄响抬头一看，见到这一僧一儒，吓得直翻白眼，这一夜他经过不少惊吓，吓得再不敢说话。和尚说："相公，家眷都在这里，我到家去吩咐酒宴，一会儿就回来接你。"

书生到轿车前撩开帘子一看，老婆丫环在里面正在熟睡。这些人可享福啦，车一进山就睡着，到现在还没有醒。回头再看和尚，他已经去远了，书生又纵马追上去，这回和尚十分不耐烦。

"相公，家眷已经还给你，你还跟着我待怎地！"

书生说："大师，我们还是同行。书生在想些心事，想明了要向大师一诉心曲。"

于是这两人又在山路上同行，渐渐走到山顶上去。终于旭日东升，阳光普照，书生勒住马长出一口气说：

"大师，我想明白了！"

和尚也在想心事，他也勒住马，长出一口气说："相公，我也想明白了！"

书生说："大师，小生自幼习武，会些弹术剑法。别人说话不合我心意，我就把他脑袋打开花，叫他说不下去。现在我明白了，这种做法非常之不好。小时候下棋，每到要输时我就把刀拔出来往棋盘上一插，于是长胜不败，结果到现在还是一把屎棋。听人说话也如此，倘若大师说得不对我胃口就把您打杀，怎能够增加见识。比方说，大师若说生姜是树生的果子，我只能说，您说得不对，却不能把大师打死。因为打不死时，我就太难堪了。大师现在活着站在我面前，难道我就因此相信生姜是树上生的？所以杀人不是好游戏，无论如何，不要杀人。"

和尚说："相公，老僧自小习些武艺，专在山道上干没本的生意。和尚虽然抢劫，却不杀人，我专拣相公这样的人同行。你说东，我说西，你说鸡生蛋，我说蛋生鸡。说急了你打我我就露几手把你吓跑，家眷行李就都归我了。现在我想明白了，这种做法非常之不好。就以今晚来说。你打我一弹打不着，两弹打不着，最后打我一串连环弹，你还是不逃走，此时我就太难堪了。你现在站在我面前，难道我就因此一巴掌把你脑袋拍到腔子里？这不好，因为我已经抢了你的行李，又把你打死，实在太凶残。难道我就因此把行李还你？这也不好，因为你已经打了我十七八弹，还是我招着你打的。不抢你的东西，我来挨你打，那不成了受虐狂？所以，抢劫不是好游戏，无论如何，不要抢劫。"

这一僧一儒互诉心曲以后，就一起到和尚家里去。和尚要招待书生，把他当成最好的朋友。

# 舅舅情人

高宗在世的时候，四海清平，正是太平盛世，普天下的货殖流到帝都。长安是当时世界上第一壮丽大城。城里立着皇上的宫城，说不尽的琼楼玉宇，雕梁画栋，无论巴格达的哈里发，还是波斯的皇帝，都没见过这样的宫殿。皇上有世界上最美的后妃，就连宫中的洗衣女，到土耳其的奴隶市场都能卖一斗珍珠的价钱。他还吃着洋人闻所未闻的美味，就连他御厨泔水桶中的杂物都可以成为欧洲子爵、伯爵，乃至公爵、亲王席上的珍馐。他穿着金丝刺绣的软缎，那是全世界的人都没见过的。皇上家里用丝绸做擦桌布，用白玉做磨刀石，用黄金做马桶，用安南的碧玉砌成浴池。他简直什么也不缺，于是他就得了轻微的抑郁症。

有一天，有一位锡兰的游方僧到长安来。皇帝久仰高僧的大名，请他到宫里宣讲佛法。那和尚在皇帝对面坐下，没有讲佛家的经典，也没有讲佛陀的事迹，只是讲了他一路上的所见所闻。他说月圆的夜晚航行在热带的海面上，船尾拖着磷光的航迹。还说在晨光熹微的时候，在船上看到珊礁上的食蟹猴。那些猴子长着狗的脸，在礁盘上伸爪捕鱼。他谈到热带雨林里的食人树。暖水河里比车轮还大的莲花。南方的夜晚，空气里充满了花香，美人鱼浮上水面在月光下展示她的娇躯。皇上富有天下，却没见过这样的景观。他起初想把这胡说八道的和尚斩首，后来又变了主意，放他走了。

锡兰僧走时，送给皇上一个骨制的手串，上面写满难认的梵文。皇上不认识梵文，他宫里也没有骨制的东西，可是他特别珍视这串珠子。因为把它握在手里时，皇帝就能看见锡兰僧讲到的一切（这当然是心理作用）。他虽然富有，却不能走出皇宫一步。所以他想，做皇帝也未必是一件好事。所有的人都不知道，只有皇帝自己和当过皇帝的人知道，当皇帝会得皇帝病。对花粉过敏，对青草过敏，甚至对新鲜空气也过敏。如果到宫内最高的云阁上看长安城里的绿荫，下来以后他要鼻塞气重好几天，还要长一身皮疹。除此之外，他还只能吃御厨中精心制作盛在银碗里的食物。如果吃一碗坊间的大锅里熬出盛在粗瓷碗里的羊杂碎，他就会腹泻三天。他也只能和宫内肌肤如雪像花蕊一样娇嫩的女子做爱。如果叫太监从外边弄一个筋粗骨壮的农家女子来，他闻到她身上的汗味就要头晕。听到锡兰僧讲的故事，皇上觉得自己是一个宫禁中的囚徒。于是他再不和后妃嬉戏，再不理朝见的臣子，把自己关在密室中，成天只和那串骨珠亲近。

皇上在密室的天窗中，看到天上的大雁飞过，看到檐下的铃铛随风摇摆，看到屋脊的阴影在阳光下伸长，消失，又在月光下重现。看到瓦上雪消失，岩松返青又枯黄。转眼间几度寒暑，他不召后妃侍寝，不问天下大事，只向送饭太监打听锡兰僧的消息，谁知那和尚一去音讯全无。

　　有一天，大食的使节从遥远的西域到来，带来了大食皇帝的国书。皇上虽然心情忧郁，也不能冷落了这使团，因为大食和大唐一样强大。大食的骑兵骑在汗血的天马上，背着弓，口里衔着箭，常常骚扰帝国的边境。大食的皇帝有意修好，正是大唐求之不得的事。皇帝身为人君，有不可推卸的责任去制止边乱。于是，他升殿，带着高贵的微笑去接见使团。他问使节们沿途见到的景色，使节们却听不懂。使节们说话，他也听不懂。皇帝觉得兴味索然，叫宰相陪他们国宴，自己回密室去。他晚上六点钟离开密室，九点钟回去，就在这三个小时中，有人潜入那间屋子，把手串偷走了。皇帝因此而发怒，命令将守在密室门口的宫女和太监严刑拷打，打得他们像猫一样悲鸣。皇帝想把他们都活活打死，后来又改变了主意，把他们交给最仁慈的皇后感化教育，要他们说出是谁偷走了手串。他又召长安城里的捕盗高手入宫来现场调查，要他们说出是谁偷走了手串。高手们说不出，皇上大发雷霆，要把他们推出午门斩首。后来又改变主意，赦免他们死刑，只是命令禁卫军把全城捕盗公差的家属全抓到牢里，以免公差们忙于家事不能专心破案。他还命令封闭城门，只留一个门供出入，出城的人都要经过严格的搜查。然后他觉得无聊，就回到密室中去，叫太监们找到手串时通知他一声。

与此同时，长安城里全体捕盗公差在京兆尹衙门的签事房里集合，讨论案情。时值午夜，人们点起了红烛，进宫的几位白胡子和花白胡子的公差痛哭流涕地说道皇恩浩荡，留下他们不值一文的蚁命。当今的圣上仁德光焰无际，草木被恩，连下九流的公差都身受皇恩。如果不能寻回手串，无须皇上动手，他们就要一头碰死。大家听了感动得热泪盈眶，齐声赞美皇帝的恩德，然后静下心来，在灯光下思考皇帝手串的去向，直想到红烛将尽，晨光熹微，谁也想不出一点线索来。

众所周知，皇城的城墙是磨砖对缝御成，高有四丈，墙下日夜站着紫衣禁卫军。长安城里最高明的贼翻越高墙也要借助飞爪绳梯，这种手段在皇城上可无法使用。可是说是皇宫里的人偷走手串呢，那就更不能想象。当今的圣上是百年不遇的仁君，虽升斗小民，也知道敬上，何况是皇城内的人直接身受皇恩？更何况皇帝是世界上一切爱的本源，人人爱皇帝，皇帝爱大家。不管是谁，只要不爱皇帝，就生活在黑暗之中，简直活不过一个小时。在皇城之外，也许还有个把丧心病狂的贼子敢偷圣上的心爱之物，在皇城内这种人绝不可能存在。公差们想到脑门欲碎，一个个倒在长凳上睡着了。

当五月的热风吹入签事房时，房子里青蝇飞舞。公差们醒来，想到皇上圣心焦虑地等待他们追回手串，就羞愧起来。几位老资格的公差说，大家都到街上去，见到形迹可疑之人，就捉回来严加拷问，用这种方法也许能追回圣上的失物。于是大家都到街上去。连勒死贼的公差王安也跟着出去了。

　　王安在长安做了十年的公差，从没捉到过一个活着的贼。他的身材过于魁梧，按唐尺，身高九尺有余；按现代公制，身高也有两米。膀宽腰细，长髯过腹，浓眉大眼，声如洪钟。像这样的仪容，根本就不适合当公差。何况他当公差的第一天在街上看到有人行窃，就一链锁住贼的脖子，把他拖到衙门里去。谁知用力过猛，把贼勒死了，从此也就再没捉到过贼。于是全长安的贼无不知王安的大名。他在街头出现，贼就在街尾消失。

　　其实像王安这样的人，何必去当公差？他可以当一名紫衣禁卫军。当禁卫军不要武艺，只要身高和胡子，这两样东西王安都具备，他甚至可以到皇城门前去当执戟郎。唐朝风气与宋明不同，官宦人家的小姐常常出来跑马踏青，她们看到雄壮的执戟郎，就用怀中的果子相赠。郡主、公主也常常飞马出宫入宫，看到仪容出色的武官，就叫他们跟着到她们的密室去，用胡子轻拂自己的娇躯，事后都以价值连城的珠宝作为定情礼物。王安当一名下九流的公差，把他一生的风流艳遇都耽误了。

　　王安和公差们一起出来，别人都到通衢大道、热闹的商坊去，谁也不肯和王安结伴而行。他只好和同伴告别，走在坊间的大道上。长安街内一百零八坊，坊坊四里见方，围着三丈高的坊墙，四角的更楼高入云天。坊与坊之间有半里宽的空旷地带，植满了槐树。唐代的长安城多么大呀，大过了罗马，大过了巴比伦，大过了巴格达，大过了古往今来一切城池。王安在坊间的绿荫中走，到处碰不到一个人。

长安城里多数坊都是热闹的小城池，可是远离坊门的绿荫地带，却少见人迹，更何况王安朝长安城西北角的鬼方坊走去，那儿更加荒凉。高高的茅草封闭了大路，只剩下羊肠小路。鬼方坊的坊墙，墙皮斑脱，露出了砌墙的土坯。墙下明渠里流的水像脓一样绿，微风吹过时，树上落下干枯的槐花，好像一阵大雨。

鬼方坊的更楼呀，全都坍塌啦。四个坊门有三个永久封闭，只剩下一个门供人出入。那榆木的大门都要变成栅栏门啦！正午时分，一只眼的司阍坐在门楼下的阴影中缝衣裳，他在身上缝衣，好像猴子在捉虱子。走进坊内，只见一片荒凉，到处是断壁残垣，枯树荒草，这个坊已经荒了上百年。

除了自己和老婆，再加上这位老坊吏，王安再不知道还有谁在这鬼方坊里居住。站在坊门内的空场上，王安极目四望，只看到坊中塌了半截的高塔顶上长满荒草的亭子。土石填满的池塘里长满荆棘，早年的假山挂着几段枯藤。远处有一道长廊，屋顶塌断了几处，就如巨蟒的骨骸。这荒坊里一片枯黄，见不到几处绿色。

王安确实知道还有人住在坊中，可是他没见过这个人或者这些人。坊墙的内侧完整，涂满了鸡爪子小人。王安问老司阍这些顽童图画的事，却发觉这老头儿又聋又糊涂，口齿不清地说一口最难懂的山西话，完全不能听懂他的意思。王安就沿着坊墙下的小道回家去，沿途研究那些壁画，他觉得这作画技巧很不寻常。

王安走过一排槐树。说也奇怪，长安城里的槐树不下千万棵，都不长虫子，只有鬼方坊的槐树长槐蚕。才交五月，这一树绿叶已经被虫子吃得精光，只余下一树枯黄的叶脉，就如西域胡人的鬈胡须。有一个穿绿衫的女孩在树下捉槐蚕，她看到王安走来，就站起来叫："舅舅！舅娘被人捉走了！"

王安吃了一惊。首先，他不认识这个人。其次，这个女孩真漂亮，披着一头乌油油的黑发，眼睛像泉水一样亮，嘴唇像花儿一样红，两个小小的乳房微微隆起，纤小的手和脚，好像长着鸟的骨骼。最后，她捉了槐蚕就往衣裳里放，她穿一身槐豆染绿的长袍，拦腰束一根丝绳，无数槐蚕就在腰上的衣内蠕动。王安看了脊背发凉。至于她叫他舅舅，这倒是寻常的事。那时候女孩管成年男子都叫舅舅。

王安朝她点点头说："你看到了？是谁来捉她的？"

"一伙穿紫衣的兵爷，他们叫舅娘跟着走，舅娘不肯，他们就把舅娘捉住，用皮条捆住手脚，放到马背上就走了。临走抽了看门大爷一鞭子，叫他把路修修。这些兵，真横。"

王安听完这些话，就径直回家去。那个女孩把腰带一松，无数槐蚕落在地上，她把它们用脚踩碎，染了一脚的绿汁，然后就追到王安家里来。

王安住着一间小小的草房，门扇已被人踢破，家里的家具东倒西歪，好像经过了一场殊死搏斗。王安把家什收拾好，坐在竹床上更衣。脱下旧衣，却没有新衣可换，只好在衣柜里挑一件穿过而不大脏的衣服穿上了。这时他听见有人说："舅舅的肩真宽，胳膊真粗！"这才发现那个女孩不知什么时候溜了进来，站在阴影中。

王安说："甥女儿，你这样不打招呼就进来很不好。"

女孩说："舅舅，我的话还没说完呢！舅娘临走时大骂你的祖宗八代，这是怎么回事？"

"这不干你的事，你刚才在干什么？"

"捉槐蚕，喂鸡。"

"那你就再去捉槐蚕吧。"

女孩想了想说："舅舅，我不捉槐蚕，鸡也有东西吃。现在我有更重要的事做。舅娘被捉走了，你的衣服没人洗。我给你洗衣服，挣的钱比捉槐蚕一定多。"

王安确实需要人洗衣服，他就把脏衣服包起来交给她。女孩抱着衣服，闻了上面马厩似的气味，却觉得很好闻。她看到王安把头扭过去，好像不爱看这景象，就问：

"舅舅，舅娘为什么骂你？"

"皇上丢了东西，要舅舅捉贼，把舅娘捉起来当人质。舅舅破不了案，舅娘就要住黑牢，吃馊饭。所以她骂我。"

女孩说："那也不应该，像舅娘这样的女人，嫁了舅舅这样的男人，还不知足吗？别说坐几天牢，丢了命也值！"

王安又躺到竹床上去，眯起眼睛来想："她知道我老婆又凶又懒。怎么知道的？"

王安的老婆很凶悍，十根指头都会抓人。王安知道那些禁卫军来捉她，脸上一定会挂彩，所以她到牢里会比别的女人多吃苦头。因此，必须早点把她救出来。他闭上眼睛，那女孩以为他睡着了，其实王安在回味以前的事。晚上行房之前，他老婆来把玩他的胡须。王安的胡子又软又亮，好像美女的万缕青丝。他老婆把手插到那些胡子之中，白日的凶悍就如被水洗去，只剩下似水的柔情。那个女孩看到这些胡子，也想来摸一把，可是他翻了一个身，把胡子压到身下，叫她摸不到，于是她叹一口气，走出门去了。

王安睁开一只眼睛，看那破门里漏进来的阳光，他想起老婆乳头上那七点蜘蛛痣，状如北斗七星。那些痣的颜色，就如名贵的玛瑙上的红绿。那些痣在灯光、月光、星星下都清晰可见，就似王安对她的依恋之情。那女人白天和夜晚是两个人：白天是夜叉，夜里似龙女。白天是胀起脖子的眼镜蛇，晚上是最温顺的波斯猫。她为什么会这样，王安真弄不明白，越是弄不明白，王安就越爱她。

第二天，王安一到衙门点卯，发现签事房里一片绝望的气氛。昨天在竹床上打盹时，他的同事在街上捉了上百个贼，搜出几十串骨珠来。经过刑讯，有七八个贼承认骨珠是从宫里偷来。他们把那些骨珠送进宫里，皇上看了大发雷霆，说谁敢送这样的假货来，就把他阉了做太监。

公差们抱怨说，捉到贼搜出骨珠，不经过严刑拷打，没有人知道这珠子是不是从宫里偷的。经过拷打后贼承认是从宫里偷来的，又没有人知道他是不是屈打成招。最后只好请皇帝御览作为最终鉴定，可是皇上要把他们阉了做太监。如果被阉了做成太监，就算最终捉到真贼，皇上把老婆发还，她们又没用处了，这种曲折的事情，伟大圣明的天子怎么会体会不到？

皇上坐在深宫的密室中，眼皮直跳。他知道这是有人在议论他，马上就想到，是那帮黑乌鸦似的公差在嚼舌根子。他在神圣的愤怒之中，想下一道圣旨，把全体公差马上阉掉。可是他马上又变了主意，不发这圣旨了。阉公差，是他有把握能做的事，有把握的事为什么要着急呢？

皇上平时坐在密室里时，手里总握着那串骨珠。他能够看到热带的雨林，雾气蒸腾的沼泽地，看到暖水河里黑朽的树桩，听到锡兰僧沉重的鼻息。他还能感到锡兰僧在泥水中拔足时沉重的心跳，闻见水沼的气味里合着童身僧侣身上刺鼻的汗酸。直到疲惫之极，他才松开手，让那些灰暗暖润的珠子在指间滑落。现在没有这串珠子，皇上就禁不住焦躁，要走出这间密室，到王座上发号施令，把公差痛责一顿，阉掉京兆尹，把守门的太监和宫女送去杀头。可是他马上改变了主意，决定不出去。这是容易做的事情，容易做的事情何必要着急呢？

就是珠串在手，皇上也有心火上升的时候。那时候他也想走出密室，到皇后身边去。二十七岁的皇后，肌肤像抛光的白玉一样透明。她从出世以来就没吃过饭，全靠喝清汤度日。皇上想闻闻皇后身上的肉香，她身上的奇香与生俱来，有勾魂摄魄的效力，皇上每次闻了以后，都禁不住春情发动。

行房对娇嫩的皇后来说，无疑是残酷的肉刑。但是皇后从没拒绝过皇帝，也没有过一句怨言。皇帝因此判定，在全世界的人中，只有她真正爱他。所以一想到皇后他总禁不住心花怒放。但是每次这么想过之后，皇帝又改变了主意，到皇后身边去是最容易做的事。容易做的事何必着急呢？

皇上想追回遗失的手串才是难做的事。可是他又不乐意走出密室。这不是军国大事，不便交给宰相去办，于是他就把追回手串的事，交皇后全权代理。虽然三年不见面，可是他相信，全世界的人只有皇后最明白他的心意。她一定能把手串追回来，他还要人告诉皇后，那虽是一串普通的骨珠，却是锡兰僧长途跋涉时握在右手里的，所以有特殊的意义。

皇帝说那是一串普通的珠子，可是公差们不信，他们认为皇帝身边的东西，一定是佛国异宝，起码也是舍利子制成。据说，舍利子那种东西会发出佛光，只有有福气的人和高僧才能看到。所以以后再找到骨珠，应该先送到名山大刹请高僧过目，验明是佛宝之后，再往宫里送。听了这样的议论，王安吐吐舌头，走到签事房外边来。他远眺高耸入云的皇宫，只见飞檐斗拱攒成的楼台亭阁，仿佛是空中一片海市蜃楼，这里最矮的阁楼也有十几丈吧？

如果找到能爬上这样阁楼的人，那么追回手串还有几分希望，试想一个贼有这样的身手，怎么会在大街上被公差捉到？像他的同事那种捉贼的办法，只会把大伙的睾丸和老婆一起送掉。王安想到这些，对同事们的捉贼能力完全丧失了信心，他叹一口气，回家去了。

王安走回鬼方坊，站在坊墙下看那些壁上的小人，发现他们方头方脑，方口方目。庞大的方身躯下两条麻秆腿，不觉起了同情之心，像这样的人物要是活过来，双腿马上会折断。正在出神儿，有人在背后叫："舅舅，你回来啦？"

王安回过头去，看到那个穿绿衫的女孩站在槐树下，手捧着大沓的衣服。他想：如果这个女孩不捉槐蚕，那倒是蛮可爱的。于是他脸上露出了笑意说："甥女儿，碰上你真凑巧。"

女孩在阳光下笑起来。"不是凑巧，是我在这儿等你，等了半天啦！"

王安又板起脸来，他背起手，转身缓缓行去，那女孩在背后跟随。她问："舅舅，你在看墙上的画，你猜画的是谁？"

"不知道。"

"是你呀！"

王安早知道他可能是那些棺材板似的人物的模特儿，因为那些人的下巴上全长着乱草般的胡子。不过听她这么一说，他还是很气愤。人要长成墙上画的那样，还有什么脸活在人间？他快步走回家去，翻箱倒柜要找一件衣服，把身上这件汗透了的换下来，可是找不到。那女孩说："舅舅，换我洗的衣服吧！"

王安在一瞬间想拒绝，可是他改变了主意，脸上又显出笑容，接过衣服来说："你出去，我换衣服。"

"舅舅怕什么，我是小孩子。"

王安不想强迫她出去，就在她面前脱去长衣，裸露出上身。他是毛发很重的人，很以被外人看到自己的胸毛为羞。可是女孩看到王安粗壮的臂膀，宽阔的前胸，觉得心花怒放。她说："舅舅的胡子真好看。能让我摸一把吧？"

王安说："这不行，胡子是男人的威严，怎么随便摸得？"

"什么威严？舅娘就常摸，我看见的！"

王安的脸登时红到发紫：他老婆只在行房前抚弄他的胡子。这种事她都看见了，简直是猖狂到了极点。他怒吼一声："你是怎么看见的？"

"爬到树上看见的，你怎么瞪眼？我不和你说了！"

那女孩的脸飞快地涨到通红，瞪圆了眼睛做出一个怒相。她的脾气来得这么快，倒是王安始料不及的。于是他把自己的怒目金刚相收起来，做出一个笑脸，忽然他闻到一股好闻的青苔味，是从衣服里来的，那衣服也很柔软，很干净，于是他和颜悦色地说："甥女儿，衣服洗得很干净。"

那女孩气犹未消地说："是吗？"

"当然，衣服上还有好闻的青草味。你用草熏过吗？"

那女孩已经高兴了："熏什么？我在后边塘里洗的，洗出来就有这股味儿。"

王安一听浑身发凉。他知道那水塘，长了一池绿藻，里面全是青蛙和水蛇，塘水和鼻涕一样又浓又绿。早知道她要到那里洗衣服，还不如不叫她洗。但是这种话不便说出口来。于是他到柜里取了铜钱，按一个子儿一件给了洗衣的费用，又加上五文，算做洗得干净的赏钱。然后他叫女孩回家去，他要午睡了。女孩临出门时说：

"舅舅，我一定要摸摸你的胡子。摸不到不甘心！"

王安想，这个小鬼头可能是真想这么做的。王安还有话问她，就叫她回来说："摸摸可以，不准揪。"

女孩把十指伸开，插到那丝一样的胡须中。她觉得如果一个女人能拥有（当然不是自己长）这么一部胡子，简直是世界上最大的幸福，就在她沉溺在胡须中时，王安问她：

"甥女儿，墙上那些小人儿，是谁画的，你知道吗？"

"是我。"

王安已经猜到是她，不过他还是佯装不信。女孩说："这有什么可不信的。我画给舅舅看！"

她到厨下取了一块木炭，就爬到墙上作画。她在墙上就像壁虎上了纱窗，上下左右移动十分自如。王安想，长安城里那些大盗看到这孩子爬墙的本事，一定会在羞愧中死去。转瞬之间画完了一幅画。她从墙上下来，拍拍手上的黑灰说：

"舅舅，我画得怎么样？"

王安说："画得很好。"他点点头，正要走开，忽然看到那女孩对着下沉的夕阳站着，眯缝着眼睛，笑嘻嘻地毫不防备。他便猛然变了主意，像饿虎一样朝她扑去，去势之快捷，连苍鹰捕食都不能与之相比。殊不知那女孩朝地上一扑，比兔子还快地从他胯下爬过，等到王安转过身来，那女孩已经逃到十丈以外，拍着手笑道："舅舅和我捉迷藏！你捉不到我，明天我再来，今天可要回家了！"

第二天早上，王安到衙门里去点卯，发现签事房里一片欢腾，那佛手串的案子已经结束。原来圣明仁慈的皇后宣布说是她走进皇上的密室，取去了那串骨珠。公差们兴高采烈地到禁军衙门去接老婆，兵大爷们说，他们未奉旨不便放人。可是，他们也说相信圣旨不时将下，公差们就可以与妻子团聚了。王安对此也深信不疑。他回家里来，洒扫庭院，收拾家具，正忙得不可开交。那个女孩忽然来了，她站在门口，挑起眉毛说：

"舅舅你在忙什么？难道舅娘要出来了吗？"王安说："大概是吧。皇后承认是她偷去了珠子，这个案子该结了。"

女孩说："我看未必。皇后怎么会偷皇上的珠子？难道她也是贼？"

王安笑了："甥女儿，皇后说是她拿了珠子，想来自有她的道理，这种事情我们不便猜测。我想她老人家身为国母，一串骨珠也还担待得下，我对这案子不便关心，倒是你这爬墙的本领叫人佩服，是谁教给你的？"

"没人教，我天生骨头轻，从小会爬墙。"

"不管有人教也罢，没人教也罢，反正不是好本领。你把它忘了吧。等你舅娘回来，你和她学学针线。"

女孩一听立刻火冒八丈，龇牙咧嘴，状如野猫。她恶狠狠地说："针线我会，不用跟她学。舅舅你不要太得意，也许空欢喜一场！"

王安摇摇头，不再答理她，那女孩子说："舅舅，你还捉不捉我了？"

王安想起昨天的事，羞得满脸通红。王安到长安之前，在河间府做过九年公差，当时是公差的骄傲，贼子的克星，出手速度之快，足能捉下眼前飞过的小鸟，但是却捉不到一个小女孩。他摇着头说：

"甥女儿，你把这事也忘了吧，昨天是我一时糊涂。"

"舅舅一点也不糊涂，我就坐在这儿，你再来捉捉看？"

王安知道，她就如天上的云，地上的风，谁也捉不到。昨天他被她表面的松懈迷惑，结果大出洋相。今天他不上这个当。他摇摇头说：

"我何必要捉你？事情已经过去了。"

那个女孩就走出去。王安躺在竹床上，想到几天之内就可以和老婆相会了。他极力在想象中复原她的倩影，但是这件事很困难。他也为那女孩所惑。当然，不是惑于她的美色。虽然她很美丽，但是尚未长成。王安的妻子在夜里比她要美得多。王安只是沉迷于她的快捷，她玲珑的骨骼，她喜怒无常的性格，这些气质比女色更迷人。

王安影影绰绰地想起妻子在月夜里坐在竹床上的形象，她高大而丰满，裸露出胸膛，就如一座活玉雕。她在白天的凶暴，似乎全是为了掩饰在夜里的美，这好像是一个梦。可是那女孩在墙上游动的身影就在眼前，她的身子好像没有重量。像这样的人，除非她乐意让你捉住，否则你是无法捉到的。而让她把自己交到别人手里，是一件极费心力的事。谢天谢地，王安不必再为此费心了。就在王安感到轻快的时候，皇上觉得头痛欲裂，周身都是麻烦。皇后说她已经把手串毁了。皇帝只得从密室里走出来，尝试过以前的生活。但是他觉得外面光线晃眼，噪声吵人，山珍海味都不适口，锦墩龙椅都不舒适，宫里的女人浮嚣可憎，因此他又回密室去，召皇后来见面。

浑身异香的皇后到皇帝面前时，面上浮起了红晕，皇帝觉得她分外光艳照人，所以要说的话也分外难说出口。他踌躇良久最后痛苦地说："梓童，朕知道你谏止朕迷恋珠串的苦心，朕也试图照你的意思去办。事实上，朕虽拥有六宫佳丽，除了你之外，却没有一个可以信赖的女人。由于你有天生的异香，由于你对朕的厚爱，朕早已决定终生绝不违拗你的意思。但是这手串实在是朕的生命，朕一定要把它追回。朕的苦恼，希望你能够理解。"

皇后跪在他面前连称万岁，口称臣妾罪该万死，可是皇帝却出起神来。他看着皇后花一样的面孔，想起自己幼年丧母，从未感到过母亲的爱。因此当他爱上皇后之后，就有了轻微的犯罪感，每次和皇后做爱时，他感到她肉体的颤栗，就有一种儿奸母的感觉。如果不是因为这个，他绝不会割舍皇后，自己深入密室苦修。于是他苦笑一声，叫皇后平身。又赐她与自己同座。皇帝握着皇后的手说：

"梓童，朕已有了追回手串的办法，但是却难免要冒犯于你。自从你我结缘以来，你已为我忍受了不少痛苦。为了追回手串，朕又要你为我忍受新的痛苦。因此朕要请求你的原谅。"

皇后又到皇上面前跪下，口称她能够身为当今的国母，全赖皇上的厚恩，她愿为皇上做一切事，惟一不能做的就是追回手串，因为它已经被毁掉了。皇上对这种说法感到厌倦，挥手叫皇后离去。然后在蒲团上静坐了很久，终于下定了决心。他想：皇后已经为他忍受过不少痛苦，再让她忍受点也无妨，这就如顽童烦扰母亲时那种模糊的心境，既然她能受得了生他的痛苦，还有什么受不了的。

王安再到衙门里去点卯时，发现同事们在签事房里饮酒赌博，到处是放纵松懈的情绪。他还来不及打听出了什么事，就被叫到公堂上去，被按在堂上打了三十大板，做公差的总难免挨打，可是这一回打得非常之轻，那力量连蚊子都拍不死。挨过打之后，王安跪起来，要听听自己挨打的原因。可是官老爷什么也没说，摇头叹气地退堂了。他问打人的公差，今天这三十大板是怎么回事，可是那些人也只顾摇头叹气地离去。于是王安就回签事房去，问出了什么事情。别人说，皇帝早上下了圣旨，要全城的公差继续追查手串的案子，并且是严加追查，一天不破案，全体公差都要挨三十大板。

公差们说，手串已经被皇后毁去，还要追查，这岂不是向公狗要鹿茸，向母鸡挤奶的事？他们还说，皇上天恩，只赐每天三十大板，就算把大伙全阉割了，把家眷变卖为奴，也是无可奈何的事。王安却没那么达观，他赶紧回去找那个女孩，找遍了鬼方坊，再也找不到，他就回家来，坐在床上痛悔自己的愚蠢：第一不该冒失地出手抓那孩子，第二不该相信这个案子已经结束，第三不该对那女孩说，要她向老婆学针线。此时她肯定已经远走高飞，他想到自己能够和她住在一个坊里，这是何等的侥幸。她又自己找上门来，这是何等的机遇。上天赐给王安这么多机会，他居然让她平安地溜走。简直是活该失去胡子和老婆。

现在王安只好把希望寄托在皇后身上。他回签事房去，听说皇上已经下旨把她废为庶人。还要京兆尹衙门把公案和刑具搬进宫去。今天晚上他要亲审废后，要全城的公差都进宫去站堂。王安听了这个消息，吓得面孔铁青，坐在长凳上，好像一段呆木头。

皇后被贬为庶人之后，就从宫殿里搬进了黑牢。在那儿她被席子上的霉味熏得半死，还被人剥去长袍，除去钗环，换上了罪衣罪裙。这种粗布衣服她从来没穿过，她觉得浑身如虫叮鼠咬。天黑之前，晚霞从窗口映入，照到皇后身上，她觉得周身血迹斑斑，想到即将到来的羞辱和酷刑，她几次几乎晕死过去。最后有人打开牢门，用锁链锁住她的手足，牵着她去见皇帝。皇后赤足踉跄，走过宫里的石板地，心想：生为绝代佳人，实在是件残酷的事情。

对于皇后来说，就连更衣这样的小事都是巨大的痛苦。从窗缝里吹进来的风也能使她感到利刃割面的痛苦。出浴时的毛巾不管多么柔软，她都觉得如板锉毛刷。所以活在世上就如忍受一场酷刑。尽管如此，做绝代佳人也比不做好。这就如君王的雨露之恩，来时令人不堪忍受，但是如果不来，更叫人无法活下去。因此皇后决定领受皇帝赐给的刑罚，宁可在刑具下死去，也不改变上谏皇帝的初衷。

皇后来到皇帝前跪拜时，披散着万缕青丝，脖子上套着铁链。她穿着死囚临刑时穿的褐色衣裙，赤手赤足，用气息奄奄的声音喊道："犯女××，愿皇上万岁、万岁、万万岁！"皇上听了有一种奇异的感觉。他叫皇后抬起头来，发现一天不见，皇后已经清简了很多，他以聊天的口吻说：

"梓童，你披枷戴锁，身着死囚的服装，朕觉得更增妩媚。"

皇后说，她已经贬为庶人，现在是皇上的阶下囚，请皇上不要以梓童相称呼。皇上却说，他觉得阶下囚比皇后更加可爱。皇后就说，只要皇上喜欢，她也乐意做阶下囚。皇帝就挽了她的手到窗口去，让她看庭院中熊熊的烈火，如狼似虎的公差，血迹斑斑的刑具。皇后看了这些东西，只觉得天旋地转，立刻倒在皇上的怀里。

皇后醒来之后，皇帝对她说："梓童，现在改变你的决心还不算晚。否则朕只有为就要发生的事情请求你的原谅。"

皇后明白，无论什么都不可能阻止皇帝追回他的手串，但是她还是说，她的身体归圣上所有，无论置于龙床上还是刑具下，都是正确的用途。

于是皇帝叫人把她牵出去，几千名公差齐声高叫升堂，几乎把皇后娇嫩的耳膜震破。她被带过公差们站成的人甬道（几乎被男人身上的汗臭熏死），来到公案前跪下，在皇帝面前复述她的供词。皇帝立即命令对废后用刑，拶子刚套上她的十指尚未收紧，皇后的指尖就渗出血来。她像被门夹住尾巴的猫一样惨叫一声，晕死过去。

皇帝命令，用香火把皇后熏醒，再开始刑讯。拶子又收紧了一点儿，皇后在痛苦之中挣扎，却不能晕死过去。她身上的异香随着汗水蒸发，使行刑的公差腿软腰麻。这时皇帝逼问她的供词，皇后仍然不肯更改。皇帝就命令松去拶子，用藤条抽打她的手心，用金针刺入她的足趾。皇后晕厥了几次，而终不肯改口，最后皇帝命令松去皇后的刑具，她立刻瘫软在地昏死过去。

皇帝命令把皇后送回寝宫，请太医诊治。然后板起脸来，公差们扔下手中的水火棍，跪在御前磕头，那情景就如几千人在打夯。皇帝提高嗓子说：

"朕已知道，你们这些乌鸦，不肯为朕尽心办案，却污蔑说皇后偷走了朕的手串。朕本该把你们全体凌迟处死，奈何还要依仗你们追回失物，只得放你们一条生路。朕这宫中没有石碾石磨，任凭什么人，都不能毁掉手串。而要说那手串为皇后藏匿起来呢，你们的狗头上也长有狗眼，应该看到皇后受刑时的情景。在这种情形之下，她如果能交出手串，绝无不交的可能。故而你们这批狗头，应该死心塌地地到宫外寻找，不要抱有幻想，朕的话你们可明白？"

公差们抬起头来，齐声应道："明白！"皇帝脸上露出了笑意说：

"还有一件事情，朕说与你们知道。朕已下旨到关中各郡招集民间阉猪的好手，七天之内，你们如不能把手串交回御前，朕就要把你们阉掉半边。再过七天还不能破案，就把你们完全阉掉。现在你们马上出去为朕追寻失物。滚吧！"

公差们从宫里出去。顾不上包扎额上的伤口，就到大街上去胡乱捕人。王安不参加捕人的行动。他回家去。出乎他的意料，他家里点着灯，那女孩坐在灯下，见到他进来，她站起来迎接说：

"舅舅回来了！你的头上怎么破了？"

听了这句话，王安勃然大怒，这简直是在揭他的短。他尽力装作不动声色，可是还免不了嘴角发抖。那女孩拍手笑道："舅舅生气了！你来捉住我好了，只要捉住我就可以出尽你的恶气！"

王安更加愤怒，非常想朝她猛扑过去，可是他知道捉不到她，他强笑着到席上去盘腿坐下，要那女孩拿来短几，把灯台放在几上。然后他叫她在对面坐下，和她对坐了许久。

那女孩的手放在案上，手背和十指瘦骨嶙峋，叫人想起北方冰封悬崖上黑岩石中一缕金子的矿脉。她手肘上洁白的皮肤下暗蓝色的血管，就像雪原上的河流，又如初雪后沼泽上众多的小溪。

王安把双手也放到案上去，把她的双手夹在自己的手中间。

王安感到她的双手的诱惑，如多年前他老婆的脖子的诱惑一样。王安的老婆在婚前也是个贼，虽无飞檐走壁的奇能，却擅长穿门过户。这原不是王安的案子，可是他为她雪白修长的秀颈所迷惑，一心要把链子套到她的脖子上去。王安这一生绝不贪恋女色，却要为女贼所迷。因此他看到墙上的壁画就会怦然心动，看到女孩在树下捡槐蚕就心悸不安，现在看到灯下案上一双姣好的双腕，手就禁不住轻柔地向上移去。

十年前，王安看到那修长的脖子，天鹅似的仪容，禁不住起了男人的欲望，因此他就判定这个女人是个贼。看见她从前门走进巨富人家，他就到后门去等。现在他坐在女孩的对面，手指轻轻触及她的肌肤，心中的狂荡比十年前有过之而无不及。女孩的腕上传过回夺的悸动，可是她立刻又忍住了，把手腕放在一点点收紧的把握中。

王安始终不相信她会被抓住，直到他的手已经握实之后。他猛然用上了十成握力。那女孩"哇"的一声叫出来，猛地挣了起来，却丝毫也挣不动。然后她兴奋得面红耳赤，大叫道："舅舅，你捉住我啦！"王安猛然想到捉住她也没什么用。他没有一丝证据，不能把她送到衙门里严刑拷打。他觉得受了她的戏弄，就把手松开，女孩把手捧到灯下去看，发现腕上印下深深的青痕，不禁心花怒放，把双腕并着又伸了出来说：

"舅舅你把木枙套在这青痕上，再用链子锁住我的脖子，拉我到衙门去吧！我乐意！"

王安虽然确信这女孩是贼却不能送她坐牢。他茫然地坐着，一会儿想说，你把这事忘了吧。一会儿又想说，你回家去。最后他说：

"甥女儿，我捉了你又放了，你满意了吧？现在告诉舅舅，皇上的手串你拿了没有？"

女孩说："舅舅的话我不大明白，什么满意不满意的，难道你当年也这么捉过舅娘？"

王安当年站在那家巨富后门的僻巷里，他老婆出来时，他一链子锁在她脖子上。他本该把她拉到衙门去，但是他没有，他把她拖到没有人的地方，动手掏她怀里的赃物，结果看到她乳房上的痣，就再也把持不住，冒犯了她的身体。等到发现她处女的血染上他的身，王安就不便送她去坐牢，而是娶了她当老婆。如今这女孩问起，他就简略地说过此事，然后说："甥女儿，舅舅是怎么一个人，你已经明白了。我现在求你，帮我找回皇上的手串，要不皇上要阉了我们。阉是怎么回事，你知道吗？"

那女孩面露不悦之色说，她知道什么叫阉，却不懂王安为什么为难。他如果怕阉，可以逃走，至于手串，她可帮不了忙。王安就说：

"甥女儿，别拿舅舅开心。凭我对你的感觉，你就算不是偷手串的贼,也是大有来历。你一定能帮舅舅寻回手串。至于要我逃脱,是你小孩子不懂事。我怎能扔下舅娘不管?"

女孩怒起来,跪在席子上说:"舅舅说我是贼为什么不搜我的怀?"

"那怎么成?搜你舅娘已经很不对了。"

女孩大发雷霆,尖叫道:"有什么对不对的!既然都是贼,捉住了有的搜,有的不搜,真是岂有此理!"说着她一把把胸襟扯开。王安看到她的胸上也有七点红痣,和他老婆的毫无二致。他因此大吃一惊,两眼发直,然后他才看到她怀里藏了一串珠子。肯定是皇上遗失的,他连忙去抓她的足踝,已经迟了,堂屋里就如起了一阵风,女孩一晃就不见了。

女孩走后,王安想了很久,他忽然彻底揭穿了这个谜。有两点是他以前没有想到的,第一是那女孩和王安的老婆很熟,王安可以想象他老婆在荒坊里很寂寞,如果有一个女孩来做伴她就会把什么都说出来。还有第二点,就是这女孩一直在偷东西。按照规律,地方上出了大案公差领命破案时,总要收家属为质。她想用这种方法把王安的老婆撺走,所以这两年长安城里的大窃案层出不穷。不过王安在衙门里不属于机智干练那一类,所以总也捉不到他老婆头上来。直到她偷到皇帝头上,方才得逞。想明了这两点,王安觉得这案子他已经谙然于胸。他对追回手串又有了信心。他在灯里注入新油,在灯下正襟危坐。他知道那女孩一定会回来的。

她果然回来了，坐在王安面前吐舌头做鬼脸。王安视若不见，板着脸说：

　　"甥女儿，你别挤眉弄眼，这不好看。我问你，你胸上的红点是天生的吗？"

　　女孩一听，小脸登时发了青。王安又说："你舅娘对你多好，连奶都给你看，可是你却累得她坐牢，你不觉得可耻吗？"

　　女孩的脸又恢复了原状，她说："有什么可耻的？我早就想送她进牢房。我听舅娘说，上次舅舅勒死一个贼就在佛前忏悔，发誓道'今生再不捉贼，伸左手砍左手，伸右手砍右手'。可是你却一连捉了我三次，怎么也不知道羞耻？还不把手砍下来！"

　　王安脸红了一下说："这也没什么可耻的，大人者，言不必信，行不必果，手也不一定要砍。"然后他觉得这样不足以启迪女孩的羞耻心，就说：

　　"甥女儿，你胡闹得够了，又偷东西，又点假痣，还把赃物揣在怀里，这全是学你舅娘的旧样。这种小孩子的把戏，你还要耍多久？"

　　"舅舅既然说我是小孩子，那我就把这戏耍到底。"

　　王安为之语塞。那女孩子又说："其实我并不是小孩子，舅舅伸手捉了我，我就是不折不扣的女贼，你该用对待女贼的态度对我。"

　　王安苦笑着说："舅娘是个苦命人。十年前舅舅无礼强暴了她，到今天她对我还是又抓又咬。这是舅舅的孽债，不知什么时候才能还清。甥女儿，我们不能让舅娘再受苦，否则舅舅的孽债就更深重了！"

"呸！她算什么苦命人？你这话只好去骗鬼！"

女孩子说，王安的老婆是什么样的人，她比王安还清楚。白天来看时，王安的老婆蓬头垢面音嗓粗哑，显得丑陋不堪。她用男低音说话。说到王安，她说他是一群猪崽子中最下贱的一只。十年前他用铁链子勒着脖子把她强奸了，她说王安的身体毛茸茸的，好像只大猴子。在夜里，因为夫妻的名分和女性的弱点，让他占有了她的肉体。白天想起来，就如喉咙里含了活泥鳅一样恶心，她真恨不得把王安吃掉，以解心头沉郁十年的怒气。然后她给女孩看她指甲上的血迹，说她刚把王安抓得落荒而逃。这时她哈哈大笑，就如坟地上的猫头鹰，她还直言不讳地承认自己是母夜叉，被王安强奸之后，除嫁他别无选择，就如被装进笼子的疯狗，她只有啃铁条消磨时光。

晚上远看王安的老婆，就发现一切都很不同。她在镜前梳妆着衣，等待王安回来。那时她肩上披散的长发没有一丝散乱，身上穿着锦丝的长袍，用香草熏过，没有一个污点，一个皱褶。她脸上挂着恬静的微笑，用柔和的女中音说话。说王安是公差中的佼佼者，她曾是贼中的佼佼者。最出色的贼一定会爱最出色的公差，就如美丽的死囚会爱英俊的刽子手。那时候她显得又温柔又幸福，又成熟又完美，高大而且丰满。女孩痛恨她佛一样的丰肩，天女一般的宽臀，看到她像大理石雕成的手和修长的双腿，女孩真恨不得死了才好。

她说到王安对她的冒犯，有和白天很不同的说法。她说当锁链忽然套到她颈上时，在最初的惊慌之后，她又感到一丝甜蜜，这种甜蜜混在铁链的残酷之中。王安锁住她以后，犹豫了很久，这使她想到自己有多么美，然后他牵着她到嫩黄的柳林里去，她隐隐知道要出什么事。那时她跟着铁链走去，脚步蹒跚，有时想喊，可始终没有喊出来。

强暴来临时，她拼命抗拒过，然后又像水一样顺从。她不记得失去贞操的痛苦，却记得初春上午林梢的迷雾，柳条低垂下来，她的衣服被雪泥弄得一塌糊涂，只好穿上王安的外衣，踏着林荫处半融的残雪回家去，做他的妻子。

王安的妻子梳妆已毕，敞开胸襟，给女孩看她胸上的痣。她说在月夜里，王安把嘴唇深深印在这些痣上。女孩妒火中烧，恨不得把那洁白的乳房和鲜红的痣都用烧红的烙铁毁掉。她束紧腰带，又用布带在臀下系紧，布料下显出她的曲线。她说到王安会用温柔的手把这些结解开，禁不住心花怒放。

她还说到王安的身体，宽阔的胸腔，浓重的体毛和铁一样的肌肉，王安就如航行于江海上的航船，有宽阔的船头，厚重的船尾。在两情相悦的时候，她用身体载起这只巨舟，她是水，乳白色的，月光一样的水。所有的女人都是水，但是以前她并不知道。她是独脚贼，没有人告诉她，直到王安这条船升起风帆驶入她的水域。说到这里时，她身上浮起思念丈夫的肉香。女孩闻到这种味儿，恨不得把这娇滴滴、香喷喷的骚娘们一刀捅死，以泄心头之恨。

女孩子说，她不相信男女之间只有干那种丑事才能相爱，尤其是像王安这种伟大的男人。试过王安以后，她更加相信，他是被那娘们的骚性诱惑了，说完这些话，她就从屋里出去，并没有说怎样她才能把手串交还。

又过了三天，皇帝对公差寻回手串的能力失去了信心，他下诏说赦免窃珠贼一切罪责。如果贼肯把手串交还，他还要以爵位和国库中的珍宝相赠，他还答应给那人以宫中的美女或禁卫军中的美丈夫。这通诏书一下，长安朝野震动，以为皇帝是疯了。

只有王安认为皇帝真正圣明。王安相信，任何丢失的东西都可以寻回，捉不到贼，就要用贼想要，或更想要的东西交换。他虽然对这一点深信不疑，可还是想不出怎么才能使那女孩把手串交回来。中午时他坐在家里凝神苦思，下意识地用指头去挖席子，不知不觉把席抠出一个大洞。

那时屋外天气很热，阳光把蝉都晒晕了，以致鬼方坊里万籁无声。可是王安屋里是一片凉爽的绿荫，空气里弥漫着夹竹桃的苦味，草叶的芳香，还有干槐花最后的甜香味。他家里摆满了瓶瓶罐罐，里面插着各种各样的绿枝。一旦露出干枯的迹象，女孩就把旧枝条拿出去用新的枝条来代替。现在屋里的树枝、灌木和草叶全是一片新绿。她心满意足，就伏在窗前的席子上睡着了。

女孩睡着时，没有一丝声息。只有肩头在微微起伏。她睡觉的姿势也很奇特。这说明她所说的并非虚妄。她说她没有家，也不记得有过家。王安没法相信人没有家怎么能长大，但是如果她有过家，就不会以这种姿势睡觉，因为没有人用这种姿势在家里睡觉。

这女孩搬到王安家里已经两天了。王安以为住在一个屋檐下两天两夜已经足够了解一个女人。可是除了她说过的那些话，王安对她还是一无所知。她对王安说，除了王安的老婆她和谁都不熟识。也许王安的老婆能说出，怎样才能使女孩交去手串。可是她却被关在禁卫军把守的天牢里，不容探视。王安没法向别人打听这女孩的心性，他只好自己来解这个谜。

他想到昨天晚上，他在她面前更衣，那女孩走过来，用指尖轻轻触及他的肉体。她不像王安老婆那样把手掌和身体附着到他身上，只消看一看，闻一闻，轻轻一触就够了。她在王安面前更衣，毫无扭捏之态，在青色的灯光下王安看到除了两个微微隆起的乳房，她身上再没有什么阻止她跑得快，就如西域进贡给皇帝的猎豹。她骨骼纤细，四肢纤长，好像可以和羚羊赛跑。

女孩说，她爱王安，如果得不到王安的爱，她一辈子也不会把手串交出来，哪怕王安的老婆死在狱中，哪怕王安因此被处宫刑，也得不到她的同情。王安也准备爱她，可是不知怎么爱才好。如果她再大几岁，或者在市井里住过几年，那么一切都简单了，现在要他去爱简直是岂有此理。

女孩说，以前她住在终南山中，一年也见不到几个人，在山林里她感到需要爱，才搬到长安城里来。这个哑谜叫王安无从捉摸起，人住在深山无人的地方，也会知道爱吗？她在深山中体会到的爱，也不知有多么怪诞。王安想不出头绪，就把她叫起来问。

"甥女儿，你在深山里见过飞鸟交尾，或者两条青蛇缠在一起？你听见深秋漫山的金铃子叫，心中可有所感？你也许见过一只雄猫寻母猫的气味而去，或者公山羊们在绝壁上抵角？"

女孩听了勃然大怒，说："舅舅，你真讨厌死了，你简直像舅娘一样骚，如果你再这么胡说，我就跑到深山里去，等你被阉了再回来！"

王安只好让她继续睡觉，他知道她不是个思春昏了头的傻丫头。在胸上点痣，引诱王安去捉，那不过是孩子的恶作剧，她并不喜欢这些。

王安想来想去，觉得脑筋麻木，他闻到屋里森林般的气味，就动了出去走走的念头。于是他走到坊间的绿荫中去，觉得天气很热。等头顶槐花落尽，真正的酷暑就会来临。

星星点点的阳光从树叶间漏下来，照在王安身上，光怪陆离，他渐渐忘去心中的烦恼。走进一片浓绿之中，听见极远处一辆牛车在吱吱地响。坊间的道路不止一条，它们弯弯曲曲在槐林中汇合又分散。王安遇到一只迷路的小蝴蝶，它在荆棘之中奋力扑动翅膀要飞出去。他想到皇帝也是这么奋力地要寻回手串。在重重宫禁中寻求一条通往南方泽国之路；他也是这么奋力地要寻回手串，寻求一条通月夜下横陈的玉体之路。这些路曲曲弯弯，居然在这里汇合，其中的机缘真不可解。

王安在心中拿蝴蝶打个赌赛：如果它能飞出草丛，那么皇上的手串也能寻回来。所以当蝴蝶的白翅膀在刀丛剑树中挂得粉碎，它那小小的身子和伤残的翅膀一起坠落时，他几乎伤心地叫起来。就在这时那个女孩来到他身边，拉着他的手说：

"舅舅，出来散步也不叫上我！一起走走吧。"

王安把蝴蝶的悲哀忘掉，和她一起到更深的绿荫中去。他把她的小手握在手中，感到一股冷意从手中透入。就想起初见她时，这个女孩在槐树下捡槐蚕的情景。女孩把绿色的活槐蚕揣在怀里，那种冰凉蠕动的感觉多么奇妙啊！她身上有一种青苔的气味，王安想到女孩在一池绿水中洗衣服，洗出的衣服又柔软又舒适。他们在绿荫中走了很久。王安很放松，很愉快，他感觉她贴体的触觉、嗅觉和遥远的听觉、视觉逐渐分开。她在很近的地方，女孩在很远的地方。当冰凉蠕动的感觉深入内心的时候，王安知道自己在爱了。

他们回家以后，王安脱去冷湿的衣服。女孩伸出舌尖，尝一尝他胸前的汗味。她叫王安是"舅舅情人"。后来这位"舅舅情人"和她在椭圆形的大浴桶里对坐，桶里盛着清凉的水。

王安看到女孩在一片绿荫之中。他终于伸出一根粗大的手指，按在她胸骨上，不带一点肉欲地说，他爱她，他对她充满了绿色的爱。女孩听见这句话，就从浴桶里跳出去走了，再也没有回来。

第二天早上，天还没有亮，那串骨珠从密室的天窗中飞进来，摔在皇帝的脑袋上。皇帝得回了手串很高兴，就不计较这种交回手串的方式是多么不礼貌。他命令禁卫军把公差的家眷放了，还给每人五两银子压惊钱。王安的老婆回家时天色还没大亮，王安怕她会和他大闹一场，谁知她没有。洗去坐牢时积下的泥垢和汗臭，穿上长裙，她和他做房中的游戏。休息时她说，抓人和撒泼都是坏毛病，她已经决心改了。在黑牢她还看透了一点，就是白天也可以当成黑夜来过。对于她这种达观的态度，王安当然表示欢迎。

王安的老婆说，她根本不相信能活着回到王安身边，因为她知道这件事是小青（就是那女孩的名字）干的。她知道那女孩会飞檐走壁，偶尔也偷东西。所以当禁卫军把她抓走时，她把王安和小青的祖宗八代都骂遍了。不过骂人不能解决问题。她坐在牢里腐烂潮湿的稻草上，深悔以前没在王安耳边提到她有一位野猫似的小女友，于是她又想通吃醋也是个坏毛病，她也决心要改。

这些都不足以难倒王安，她深知自己的丈夫是全世界最机警的公差，尤其是对付女贼时。即便他找不到那女子，她也会自己找上门去。真正困难的是叫她承认自己是贼，而且要她交出赃物。她无法想象王安怎么看透谜底。案发前，有一天傍晚，她和小青在房里聊天时，她说完自己是水，王安是舟的比喻，就说这是爱的真谛。

那女孩说，她体会到的爱和她很不同。从前她在终南山下，有一回到山里去，时值仲夏，闷热而无雨，她走到一个山谷里，头上的树叶就如阴天一样严丝合缝，身边是高与人齐的绿草，树干和岩石上长满青苔。在一片绿荫中她走过一个水塘，浅绿色的浮萍遮满了水面，几乎看不到黑色的水面。

女孩说，山谷里的空气也绝不流动，好像绿色的油，令人窒息，在一片浓绿之中，她看到一点白色，那是一具雪白的骸骨端坐在深草之中。那时她大受震撼，在一片寂静中抚摸自己的肢体，只觉得滑润而冰凉，于是她体会到最纯粹的恐怖，就如王安的老婆被铁链锁住脖子时。然后她又感到爱从恐惧中生化出来，就如绿草中的骸骨一样雪白，像秋后的白桦树干，又滑又凉。

王安的老婆对她的体会绝不赞同，她在遇到王安之前，脖子上从未挂过锁链，所以当王安锁住她时，她觉得自己已经被占有，那种屈辱与顺从的感觉，怎能用深草中的骸骨比拟，就笑那女孩说："你去试试，看世上能不能找到一位情郎，给你这种绿色的爱！"

于是产生了一场口角，那女孩在盛怒中顿足而去。

王安的老婆深知小青一定要在王安身上打主意，她却不知她还能把自己搞到牢里去。说完这些话，她就玩王安的胡须，说他是世界上最可爱的大丈夫，连皇帝也不能与之比拟。

图书在版编目（CIP）数据

夜行记／王小波著 .－北京：北京十月文艺出版社，2018.2（2024.11 重印）
ISBN 978-7-5302-1702-3

Ⅰ.①夜… Ⅱ.①王… Ⅲ.①短篇小说－小说集－中国－当代 Ⅳ.①I247.7

中国版本图书馆 CIP 数据核字（2017）第 161390 号

夜行记
YE XING JI
王小波 著

出　　版　北京出版集团公司
　　　　　北京十月文艺出版社
地　　址　北京北三环中路 6 号
邮　　编　100120
网　　址　www.bph.com.cn
发　　行　新经典发行有限公司
　　　　　电话 (010)68423599
经　　销　新华书店
印　　刷　山东韵杰文化科技有限公司
版　　次　2018 年 2 月第 1 版
印　　次　2024 年 11 月第 13 次印刷
开　　本　850 毫米 ×1168 毫米　1/32
印　　张　6
字　　数　110 千字
书　　号　ISBN 978-7-5302-1702-3
定　　价　36.00 元
质量监督电话 010-58572393
如有印装质量问题，由本社负责调换